我的故事都在我的身体里

刘创

编著

中国言实出版社

图书在版编目（CIP）数据

我的故事都在我的身体里 / 刘创编著 .—— 北京：
中国言实出版社，2018.6
ISBN 978-7-5171-2805-2

Ⅰ . ①我… Ⅱ . ①刘… Ⅲ . ①散文集－中国－当代②
纪实文学－作品集－中国－当代 Ⅳ . ① I217.1

中国版本图书馆 CIP 数据核字（2018）第 121480 号

出 版 人：王昕朋
总 监 制：朱艳华
责任编辑：代青霞
责任印制：佟贵兆
封面设计：马诗音

出版发行　中国言实出版社
　　　　　地　　址：北京市朝阳区北苑路 180 号加利大厦 5 号楼 105 室
　　　　　邮　　编：100101
　　　　　编辑部：北京市海淀区北太平庄路甲 1 号
　　　　　邮　　编：100088
　　　　　电　　话：64924853（总编室）　64924716（发行部）
　　　　　网　　址：www.zgyscbs.cn
　　　　　E-mail：zgyscbs@263.net
经　　销　新华书店
印　　刷　北京温林源印刷有限公司
版　　次　2018 年 6 月第 1 版　　2018 年 6 月第 1 次印刷
规　　格　880 毫米 ×1230 毫米　1/32　7 印张
字　　数　170 千字
定　　价　39.80 元　　ISBN 978-7-5171-2805-2

序言

一个不是哲学又貌似哲学的命题是，究竟是人的存在丰满了那些爱情的主题，还是爱情的跌宕完美了人的故事。

爱，是一场花事。而陪伴，是晨茶晚香，是经久不散的注视。闲的时候井边荫下坐坐，茶洗过，棋重新摆过，让一些结束，然后一些就又可以重新开始。当茶凉了，走出去，叹一声"太阳真好"。如此凡尘涤尽，哪怕山长水阔也仅一步之遥，天大地大，所要的也只是"安然"二字，足够放得下心。

现实越锋利，人就越成长。并由此产生了自我治愈的能力，而爱情在其中成了催化的动力和活下去的勇气。

澄心静气地在一起，我喜欢陪伴的默契和温暖。"和你在一起"，简单到极致的一句话，甚至连多余的修饰和装饰都省略了，朴素，安定，踏实，这是最深情也最简单的告白。《雪山飞狐》里，胡斐说："现在相逢还不迟么？"苗若兰不答，过了良久，轻轻说道："不迟。"又过片刻，说道："我很欢喜。"《神雕侠侣》中，杨过对小龙女说："咱两个直到老了，头发都白了，牙齿脱落了，也仍然是欢欢喜喜地厮守不离。"1948 年 4 月 24 日，波伏娃在致奥尔格伦的信里说，"我一直梦想在我们的家里，上楼梯，投入你的怀中，周围没有他人。"

原来，爱就这样朴素，爱仅仅是入怀、对视即可，耳鬓厮磨，无论多苦多累，只要欢欢喜喜。

始终相信有一些温柔是血淋淋命中一个十环的，疼得心安理得。陪伴的唯一意义就在于锄禾、浇园、浆洗、炊烟，早上推门去河边打一桶水，后面跟着看家的狗，家里的男人正在扎草和泥，修昨夜漏了的屋顶。然后三杯温酒一盏茶，在长河落日之下，一起老，宁静慈悲得满鬓霜。

哪有那么多跌宕情节供人消遣？平常日子里的一粥一饭，一茶一汤，都是陪伴的故事，忠于自己即可，每个人各有各的挣扎和摆脱，轮不上谁做指路人或是救世主，可以在旁观的同时嘲笑或试图介入，但不必同情。那些陪伴从不浪费言语，像倒在墙角里的油纸伞，你可能十天半个月摸不到它，但只要雨里出门，一抬眼，它就唾手可得。

人与人，相遇不易，百年修来，相识更难。其实回头想想，不过还是红尘里一场毫不出奇的偶遇，一旦分别，两无痕迹。我们在意，心疼，是因为这太过平常的无常里，我们演得很认真。

不过，我们庆幸这一生里，这样认真过。

认真到疼，到黯然神伤。

任你荣枯老朽，也不管是青春少年还是龙钟老者，世事过眼，没什么留得住，只有我，不走，陪你。

于是，那一些淡泊情愫就像件斑驳太久的瓷器，经由你苍老的手，抚摸得油润光亮。疲态丛生之后，还有着安宁和美，而属于陪伴的日子，从来都毫发无伤。

有陪伴，是否晴天已不再重要，哪怕是雨，你是我遮风雨的那一把伞，在角落里，一声不响。

多好！这辈子，能——

和你在一起。

目录

CONTENTS

1

爱如

清风细雨 上篇

第一章

你是这世界上唯一的美好：
茱丽叶塔·玛西娜与费德里科·费里尼

费里尼从来都相信自己是个幸福的男人，不信去翻他的自传，"我们金婚纪念日，确切地说是 1993 年 10 月 23 日。这个日子对我的意义没有它对茱丽叶塔来得大。她在之前的好几年就开始提到这件事了。其实我实在看不出那一天比之前或之后的任何一天重要到哪里去。如果要让我选一天来庆祝，我会选我们相遇的那天。我认为这世界上再没有另外一个女人可以让我和她一起生活 50 年了。"

与如此不可掩饰的幸福相对应的是，他在说这话的一周之后就见到了上帝。于是，就像他自己说的，他幸福了一辈子，即便是死也是幸福的快感。

1. 和这个女主角聊上一会儿

必须要承认这个话语间充满诗情画意的浪漫男人是20世纪最伟大的导演之一。费里尼小时候是钟情于马戏的，他小时候最大的愿望就是有一家属于自己的马戏团，他从没想到过摄像机镜头里会发现如此斑斓的世界和妙不可言的爱情。在回忆录里，他说："如果你看到一只狗把半空中的球给衔住，然后骄傲地带回来，那狗既快乐又骄傲，因为它会一样特别、有人要看，而且又受赞赏的技艺，该技艺可以为它换得人们的宠爱，以及高级的狗饼干。我们每一个人都在寻找自己的特殊技艺，一项会赢得别人喝彩的技艺。找得到的人算是运气好。我，则找到了电影导演这条路。最重要的是，在这一行里，陪伴着我的妻子，这是最伟大的事情。"

意大利是个浪漫的天堂，特别是演艺界。作为电影界最重磅的导演之一，费里尼完全可以遭遇无数的绯闻。现实里，费里尼也确实与大多数意大利男人一样，喜欢高大威猛的女性，他导演的电影里差不多都是这样的女主角。但他却娶了一个瘦小的女人并一起幸福了50年：摩羯座男人都是在浪漫中保持着理性的态度来处理自己的生活的，而双鱼座的茱丽叶塔无疑具备他抛开职业浪漫之外在现实里缺少并渴望拥有的一切。

初次相遇时，他们都还是一张白纸，费里尼还只是个无名的小编剧，摸着干瘪的荷包为明天的早餐是不是加一盒牛肉罐头而犹豫不决。他还谈不到任何前途，每天写那些他自己都不想再看第二遍的狗血剧本，晚上则窝在那间租来的斗室里喝得酩酊大醉。

他的剧本最初是给电台做广播剧的，他每剧必听，也必定会把改编者骂个狗血淋头，他认为自己的剧本都是足可以名垂青史的。然后有一天，他听到了一种"仿佛来自天籁的女声"，那声音像圣母的呼吸一样迷住了他，他借着酒劲拨通了电台的电话，要"和这个女主角聊上一会儿"。

电话的那边沉默了一会儿，传来一个清脆的声音："你好，我是茱丽叶塔·玛西娜。"

费里尼耳边拂过一阵眩晕，鬼使神差的他莫名其妙地来了一句"哦，我想请你吃顿饭……"

接下来他们聊了些什么彼此都不记得了，而这世界多了一份电影之外的传奇。

那是在罗马，一个任何爱情都可能发生的浪漫城市。费里尼 23 岁，而那个让他仅从声音就断定这辈子应该是他妻子的人还是个 22 岁的罗马大学的学生。结婚时他们都还没有长大，还不懂爱情，而事实也是如此：爱情是要在婚姻之后继续经营和维系的，"事实上我除了妻子，还充当着保姆和母亲的角色，费里尼一辈子都没有长大，而幸好的是，在这个多重角色上，我由始至终都做得足够好"。茱丽叶塔每每谈到此处都花枝乱颤，笑意连连，她对自己 22 岁时的选择满意极了。

费里尼显然也享受被"母爱"和婚姻的幸福双重包围，"罗密欧和朱丽叶相遇的时候还都是少男少女，而且也都是初恋。他们可能每时每刻都保持着完好无缺的爱的激情吗？我想他们最后的情况也将和我与茱丽叶塔一样"。

2. 如果是男孩就叫费德里科

据说结了婚的人都会变得幸运。

1944 年，罗西里尼请费里尼写一个描写抵抗运动的电影《老乡》，为了在拍摄现场及时调整剧本，费里尼平生第一次亲临拍摄现场。他发现电影充其量不过是"描绘人生"，而他居然渴望自己"亲自来描绘它们"，从此他在罗西里尼的帮助下开始了自编自导的尝试。《杂技之光》《白酋长》，他用黑色幽默式的手法将镜头对准了那些孤独和卑微中仍不失幽默乐观的顽强求生的小人物，他们在理想与现实中左右摇摆，一文不名又不失开朗自信。这成了费里尼电影的永恒形象，也奠定了他的大师地位。

茱丽叶塔也从幕后走到台前。有着银铃般声音的茱丽叶塔随时都想用自己的声音取悦世界，她很喜欢交际，参加各种演艺界的聚会。相反，丈夫在片场讲起他的剧本可以滔滔不绝，可是离了片场就变得羞怯。为了给丈夫安全感，如果两人一起出席社交场合，她会安静地陪坐在丈夫身边，而当她一个人出现在人群里时则光彩照人，妙语连珠——她会把所有的焦点都留给丈夫。

她的谦逊柔顺给了丈夫自信和灵感，费里尼在无以言状的感激之中创作出《大路》，女主角由他的妻子出演。这是世界夫妻档电影的里程碑，费里尼把这部影片称作"我的整个神秘世界的索引大全，我的个性的毫无保留的大暴露"，费里尼开启了新现实主义电影的序幕，这部电影被称作"电影史上最伟大的影片之一"，拿到了包括威尼斯电影节金狮奖在内的共 60 项国际奖项。值得一提的是，这是从电影这种艺术形式出现之后第一部影迷要排上好久的长队才能拿到影票的影片。

随着丈夫功成名就，关于他的各种绯闻也接踵而来，为此，费里尼不止一次说过"我们绝不可以在公众场合吵架"。可事隔不久茱丽叶塔就借机在一次聚会上和费里尼吵了起来，这让整个聚会的人都惊呆了，他们可一直都只听说过这位夫人的腼腆和顺从啊。赶到的小报记者们忙不迭地按下快门，之后茱丽叶塔却哈哈大笑地偎在了丈夫怀里，"你们都上当了，我只是想试试如果这种场合我发火了你们会怎么样"。而丈夫对夫人的这场恶作剧式的小调皮的惩罚是：当天的聚会散场了之后，去午夜小吃档上给他买一筒咖啡味的冰淇淋。

第二天的报纸上，本来留给"最和谐电影夫妻当众大吵"内容的头版头条换上了街灯下的长椅上两个头靠着头贴在一起吃冰淇淋的背影照。

丈夫成了最伟大的导演之一，他的家乡里米尼甚至为他树起了一尊雕像，夫人则被称作"女卓别林"。该是谁成就了谁呢？也许，是爱情成全了他们两个。

茱丽叶塔从小没有母爱，按说她的家世不错，父亲是小有名气的小提琴家，母亲则是音乐教师，但她从童年开始就寄居在姑母家。她日记里提到最多的就是"想享受母爱"，但事实上她只能把母爱施加给自己的丈夫。除了事业上的成功，她最渴望的就是成为母亲。

1944 年的复活节，他们失去了第一个孩子。

茱丽叶塔发现自己怀孕了，虽然夫妻二人都没有心理准备，但得知消息后茱丽叶塔欣喜若狂。只是事与愿违，不久后的一天夜里，她不慎从楼梯上滚落下去，虽然只是身上多了几处瘀青，但孩子流产了。医生说，那是个男孩。

"我们曾经说过的，如果是男孩就叫费德里科，可是，费德里科没有了。"她贴在丈夫的怀里，每天默默地流泪。

丈夫知道唯一让妻子振作起来的方法就是让她尽快怀孕，有了新的孩子她一定会重新快乐起来。不久之后，茱丽叶塔又怀孕了，这一次二人都十分小心，直到孩子顺利出生，还是一个男孩，费德里科终于回来了。

坏消息是除了全世界都在打仗外，还有一个是费德里科天生的心肺功能不全，两个星期后就去世了。战争离结束看起来似乎还遥遥无期，更让人看不到希望的是医生告诉茱丽叶塔，她再也不能生育了。

那一天正好是复活节，他们夫妇坐在一间没有开灯的房间里体会着丧子之痛。费里尼在日记里说，这时候的妻子，头上没有电影女皇的欢欣，只有一只飞不动的小麻雀的软弱和无助。

3. 别再哭了，你应该微笑才对

孩子没了，日子还是要继续，墨索里尼为了战争还在拼命地征税，征兵，所有能为战争而用的东西都被充公，包括电影、戏剧这些文化载体也要为战争服务。大导演费里尼被用枪指着去拍墨索里尼的颂歌。茱丽叶塔把指着丈夫胸口的枪拉到自己这边，亲吻了一下冰冷的枪口然后就拉着丈夫走开了。害得那些目瞪口呆的士兵们冲着已经关紧了的房门大喊："你们的倔强也带着意大利式的浪漫幽默吗？"

为此政府强令费里尼不准再拍电影，因为他的电影"不会为政府服务"。

费里尼就拉着妻子去看马戏，"一个不让上映电影的艺术之都永远不会是一个好城市，它的统治者也一定不是个好政府"。那时候茱丽叶塔已经从丧子之痛里渐渐走出来，招牌式的微笑也渐渐多起来。她总是追问丈夫是否如传闻那样热衷于马戏，丈夫则说："没有电影的时候我只看马戏，这还不说明问题吗？只有你能让我忘了马戏，只有马戏能让我忘了电影。二十岁之前，我一直没有说服自己去掉报考小丑表演学校的念头。"

有那么几年，马戏成了费里尼夫妇逃离现实的唯一方法，如果说费里尼是一名电影界的小丑，那么夫人就是他的马戏团和掌声。婚姻的保鲜方式就是相互支撑和理解，爱情可能会惊心动魄，但婚姻永远不会，它只会水到渠成，润物无声，在琐碎之中体现它的伟大。

战争过后，夫妻俩立即重新扛起了摄像机。创作《甜蜜的生活》时，费里尼找到了一直跑龙套的马塞洛·马斯楚安，让他做男一号。这部电影描写的是马塞洛扮演的花边新闻记者混迹于明星、富翁之间，目睹着上流社会的龌龊和堕落，他不甘同流又无力挣扎，因为他的职业就是为这些人服务和宣传，甚至是其中的参与者。这部电影成为黑色幽默电影的经典，男一号在影片中叫"Paparazzo"，从此这个名字成为国际通用的"狗仔队"的代号。

《甜蜜的生活》成功地揭露了上流社会不可告人的丑恶，这让教皇都震怒了，罗马的教堂门口贴着"让我们为人民公敌费里尼的灵魂得到救赎而祈祷"的巨幅标语。梵蒂冈教廷也发起了对费里尼的清剿运动，所有工人和手工艺者之外的人都联名呼吁当局取消这部电影的放映许可。

茱丽叶塔则联合所有的底层人民起来反抗。她成立了"生活为什么不甜蜜"联盟，声称不甜蜜的原因就是因为这些所谓的上层社会人士的甜蜜剥夺了底层平民的甜蜜。

教皇接见了她，告诫她要注意自己的公众形象并维护上帝："如果上帝生气，你可是要下地狱的。"她则反唇相讥："没有任何一种宗教展现自己宽容和仁慈的方式是'如果你不服从我，你就要下地狱'，如果有，那也是假的宗教。"

从此她主演的所有电影都被列为禁片。

那是最灰暗的一段日子，被他们奉为终生事业的电影本身都已经背叛了自己，当初的同仁、朋友都离他们而去，所有的友谊在利益面前都一文不值。费里尼甚至已经写好了离婚协议，但是被茱丽叶塔撕碎了，"你还记得你用过多少名词来形容我？"

"天使、妻子、母亲、朋友、情人，大概如此吧。"

"作为这些角色中的任何一个，你认为我会在这份协议上签字吗？我们曾经在神父面前承诺过一生不离的。"

"可是连神父和教会都抛弃了我。"

"有我在，我们就什么都没有损失。难道不是吗？"

《甜蜜的生活》最终非但没有被禁，还获得了戛纳电影节金棕榈大奖，并被称为"探索 20 世纪文化与想象殿堂之门"。

茱丽叶塔说，这是唯一一次电影战胜了宗教的传奇，而费里尼则说，这是爱情胜利的结果。

爱情胜利的另一个表现就是在重新开始导演之后，费里尼拍电影简直拍疯了，而且拍一部火一部，每一部都是经典。《八又二分之一》成为现代意识流的样板影片，至今其拍摄手法和桥段仍被无数导演模仿着;《大海航行》的片尾则把拍摄花絮加进去,这也是现代电影在片尾加上拍摄花絮的开始。

而所有这一切,都是茱丽叶塔的灵光一闪。费里尼坦承自己的很多想法都源于夫人的随口一说,"她才是成就了新意识流电影的最重要的人,我不能在我百年之后,把所有这一切光环都留在我自己的墓志铭上。她平凡而真挚的爱,打造了今天的我"。

1987年,费里尼宣布退休。"之所以做这个决定有两个原因,一是我感觉自己老了,我应该把更多的时间留给我的现实意义上的母亲茱丽叶塔。另一个是,我们还能拍电影吗?在商业电影以娱乐的面目污染了电影的纯洁之后,我应该适时地离场了。"

余下的日子里,人们更多地看到在费里尼的老家里米尼的乡下,两个佝偻着的身影无比幸福地靠在躺椅上对着夕阳唱歌。

偶尔会有记者来采访,并且每一个记者似乎都会问同一个问题:"您认为对您来说电影是这世界上最美好的事情吗?"

每每此时,费里尼会抱紧身边的夫人:"不,怎么会。我从第一眼看到她时就认为,她才是这世界上唯一的美好。"

茱丽叶塔在费里尼去世后只活了5个月,那是1994年3月23日,享年73岁,死因是肺癌。病床边的柜子上摊开着她的日记,打开的那一页上,潦草地写着"亲爱的朱丽叶塔,别再哭了,你应该微笑才对"。这是费里尼在第六十六届奥斯卡终生成就奖的领奖台上说的第一句话。茱丽叶塔去世这天,离她在观众席上看着丈夫领取导演界终生成就奖只差一周就正好一年。

遗嘱里,她要求和丈夫合葬在里米尼公墓的船形纪念碑的正后方。

（本文内容引自《她们——二十世纪西方先锋女性传奇》，四川文艺出版社，2011 年 1 月版）

人物小传

▶ 茱丽叶塔·玛西娜：

　　1921—1994，意大利女演员。1942 年参加由费里尼编剧的广播剧。作品有《战火》（1946）、《杂技之光》《欧洲 1951 年》（1952）、《白酋长》（1952）、《大路》（1954）、《卡比利亚之夜》（1956）、《朱丽叶与精灵》等。曾以《卡比利亚之夜》获戛纳电影节最佳女演员奖。同时她也是费里尼在生活中的伴侣，两人于 1943 年结婚。

▶ 费德里科·费里尼：

　　1920—1993，意大利电影导演、编剧、制片人。奥斯卡金像奖终身成就奖得主，20 世纪影响最广泛的导演之一。

　　他制作的电影有着鲜明的个人魅力，将意大利新现实主义的写实电影推进到以强烈的意识流、超现实和浪漫夸张为主的层面，以人物内心描写的细致和广大的人文关怀为主要特色。他的时代也被称作"费里尼电影时代"。

第二章

富有牺牲精神的丈夫是我成功的关键：
卡莉·费奥利那与弗兰克·费奥利那

世界上没有谁能抵抗住惠普公司首席执行官这个职位的诱惑吧？

连卡莉·费奥利那也不能。1999 年 2 月，刚刚接到惠普公司邀请函的卡莉还是朗讯科技的运营副总裁，春风得意，一帆风顺。朗讯也正在她的麾下风生水起，从一个 AT&T 公司（美国第二大移动运营商）的附属小公司到一家独立运营年入十几亿的世界一流公司。

"我似乎完会没必要在同样的高度连跳两次。"她犹豫着给丈夫打了个电话，眼前似乎看得见丈夫一边炒着菜一边歪着头夹着电话的可爱模样。

"我觉得你应该去。我始终相信，跳水的台子搭得越高，就越能做出高难度动作。"

1. 上帝带走了母亲

为了成就自己的事业，丈夫早早地从 AT&T 副总裁的位置上退下来，只为了给她做好一日三餐和遛那条养了七八年的宠物狗。这辈子她遇到过两次奇迹，其中一次就是嫁了这个名叫弗兰克的男人。

另一个就是当初进入朗迅。最初她只是个电话公司的话务员。父亲天生矮小，心肺功能不全，还比正常人少一块脊椎骨，医生告诉她的祖母，别让父亲透支体力，更不能打橄榄球。在得克萨斯，打橄榄球就像一个男人的成人宣誓一样。父亲就是凭着三寸气最终成为学校里的橄榄球队主力——父亲的勇猛弥补了体力上的缺陷。

在斯坦福大学上了一年，她迷上了哲学和历史，可是有一天她突发奇想地退了学，因为她发现"校园里的优秀生未必会能在现实里同样出色"。然后就一个人"闯进了这个世界"。她身无分文，也没有任何职业规划，租住的街区治安非常差，每天只能步行上班，邻居一再叮咛天黑了就不要一个人出门。这让她认识到那种让她向往的独立生活并没有想象中那样美好，但她还是乐观地选择了一家房地产经纪公司，学会了团队合作的工作模式并乐在其中。哦，应该说她和惠普的缘分就是从这一天开始的：这家叫马库斯密里查普的房地产公司离惠普公司只隔着一个街区。

当雇员超过 100 万的 AT&T 公司向她摇起橄榄枝的时

候，她终于把自己置身于一个世界一流的公司里了，这一直是她的一个梦。但想当然的，这家公司给了她一个下马威：第一天上班，上司只是向她道了一声早安，就把她带到了办公桌前，然后就转身走了。桌上堆着半米高的文件，她未来要做什么，怎么做，都在这里面。

她学会了讨教和学习，尤其是在团队里的合作精神。"我第一次懂得了身在团队中的感觉。相对来说，过去所从事的学术研究是那么的孤单，虽然研究工作必然是沉闷乏味的，但我更热爱在公司里体会到的这种团队精神。它不同于学术研究，而且毫不抽象，只要行动，就能看到结果，我喜欢这种节奏。"

从普通的职员开始，到销售经理，再到分部经理，她一手组建了朗讯公司并让它迅速地成长起来，1998年《财富》杂志将她奉为全球最有能力的50位商界女性之一，而上帝则带走了她的母亲。尽管这两个事件似乎风马牛不相及，但至少有一个相似之处，那就是它们都改变了她的生活，让她更加地知名和孤独——随之而来的打击如约而至，"她不过是个做营销的小人物而已"，"她这个人啊，独断专行，报复心强，员工们并不喜欢她"，"她只会用招摇来引人注目"。

与风言风语相比，母亲的死是孤独的重要方面。

离开母亲的病房不到4小时她就接到了医生的电话，而当时她正在大西洋上空，她问飞行员能否返航，但是燃料不够了，她一个人靠在专机的豪华座椅里，似乎做了一个噩梦，在漆黑的深夜里不停地奔跑，可是没有尽头。

"我爱你。"这是母亲给她的最后一句话。

2. 我相信我有这种能力

除了妈妈,她以为这辈子只有她的初恋托德·巴特勒姆是自己这一生值得托付的人了。他们是斯坦福大学的同学,他的人生目标和发展方向非常明确,他自信,乐观,他的热烈能吸引身边所有人的视线。这是她爱上他的最初理由,也是她最终离开他的理由。

1977 年 6 月结婚之后,托德考入了意大利国际问题研究学院,而学费和生活费,都来自她的工作。她凭自己的英语功底靠每小时 10 美元的家教维持着这个家。

不久卡莉发现丈夫有问题,丈夫虽然经常声称自己在工作,但办公室里的电话根本没有人接。他经常出去考察,随着行李带回来的却经常是些花头巾。

在多次的沟通和协商无果之后,他们友好地分了手。

弗兰克恰到好处地出现了。这个一人之下万人之上的副总裁是整个公司女性的梦中情人。他幽默,有趣,没有总裁的古板和生硬、居高临下和不可一世,懂得欣赏女人也懂得让女人欣赏和尊重。有一天,在一个非正式的会议上,他听取了卡莉的报告和对来年的预想后甚至表示"我觉得你未来能够游刃有余地掌管这个公司"。

卡莉忍不住笑起来,她抬起头望向这个平时很少正视的中年男人棱角分明的脸。"这不可能,虽然其实我心里的确认为这是可能的。"

散会后卡莉故意放慢了脚步,等所有同事都走远了之后，她对着这个同样有意放慢脚步的男人说："我还有一种可能，我会爱上你。"

"可能？"

掌管着近千员工和每年数百亿资金流动的卡莉一瞬间失去了自信，但是她还是鼓足勇气说："哦，不，不是可能，我相信我有这种能力。"

3. 我娶了一位准能当 CEO 的老婆

就像面对弗兰克她需要仰视一样，惠普对于她是全新的，但全新的感觉简直太棒了。初入惠普，她就毫不留情地进行人事整顿和格局调整，惠普以往那种懒散作风转而被雷厉风行的办事风格所取代。她始终认为公司是一个活的系统，管理者最重要的工作是让系统中每一个零件的动作和谐前进，与整体不匹配的一切绊脚石都应该踢开并为效益本身服务。两年之后，她主持了总值高达 250 亿美元的并购康柏电脑公司的交易，也是在那一年，她被授予"伦敦商学院荣誉成员"称号，也是道琼斯工业指数成分股企业中唯一的女总裁。"你现在是世界级的商界人士和最有影响力的女性了，这感觉怎么样？"面对记者的追问，她总是淡淡地回答："我从没把自己看成商界女性。我只是从商，而且恰巧是女性罢了。"

对于收购康柏，只有弗兰克投了赞成票，然后他去游说其他人，然后回家去给那个康柏未来的总裁做晚餐。

她成为总裁的时候，他给她做饭，她一文不名的时候也是。"相对于做领导，我更适合在餐桌上忙活，看看她有多成功你就相信我说的话了。"

而卡莉似乎也很享受这样的安静,每天晚饭后她都会拉着丈夫的手在河边走走,每一个由高级总裁出席的宴会上她也都拉着丈夫的手出现在世人面前。当有人起哄式地谈论到他们几十年来依旧"感觉新婚"的手拉手的姿势时,弗兰克常是骄傲地微笑:"嘿,这就是现实——我娶了一位准能当CEO的老婆。"

他陪着她从巅峰一路回到谷底。2005年2月的一天,惠普董事会通知她回惠普总部,她赶到之后发现偌大的会议室里只有两个公司的代表和一个律师在等她,"董事会决定对公司的高层进行人事调整,哦,真的很抱歉"。

没有理由,没有任何一个董事会成员出来解释。她知道铁打的营盘流水的兵,无论多辉煌的剧情总有谢幕的那一刻,但是她飞了2000英里,却只在这里待了29分钟就被赶出来,而她曾在这里呕心沥血了六万小时。在这六万小时里,惠普公司规模扩大一倍,产值突破900亿美元,年增长率上升了7个百分点,创新速度是之前的3倍,平均每天有11个专利申请成功。她已经年近花甲,生命中最美好的时间都交给了这里,公司已经强大到孤独求败没有对手,忽然之间自己就成了与这一切毫无关系的旁观者。

第二天的报纸上几乎所有的头条都被她的名字占满了,那桩当初让惠普欢呼的康柏并购案也从"史上最成功的并购案"变成了"最糟糕和目光短浅的商业投资"了。她没有从惠普总部带走一张纸片,身后只跟着那个叫弗兰克的男人。

弗兰克拎着她的手包，离她半步之遥，他的脚步声轻轻地叩响着惠普总部的大理石台阶。听到那熟悉的脚步声，她就感觉安心，然后那脚步声加快了，一双手从后面抱住她。"在 20 世纪和它的下一个世纪，你无论如何都是一个英雄，任何一本当代商业史的文字里都无法回避。"

4. 她不喜欢吃凉的豆腐羹

10 年的时间可以一笔带过了，从巅峰到谷底、从总裁到主妇的角色转变其实并没有太难。生命的前数十年，她唯一学会的就是适应，适者生存本身就不仅仅是哲学范畴的概念而是处世之道。

2015 年 5 月 4 日，《华尔街日报》传出消息，惠普公司前首席执行官卡莉·费奥利那宣布以共和党成员的身份参加 2016 年总统竞选。

人们惊诧地发现她原来精干的短发消失了，取而代之的是一公分长的发茬——这十年的时间里，有一大半时间她是在与癌症做斗争。幸好还有弗兰克的爱在，"没有他，我今天不会站在这里"。在她的家乡加州橙县的地方报纸上发表的评论文章是她唯一的竞选宣言，这一反别的议员那种记者会和酒会的竞选和拉票方式，在这篇评论文章里，她有一大半篇幅描写弗兰克的爱。

但是癌症再一次打败了她。弗兰克还在，爱还在，这个从副总裁的位置上回归家庭的男人，一直没有离开，他的笑，是最好的一剂药。

在真正的投票还没开始，卡莉就又进了重症监护室。弗兰克忍着胃病寸步不离，替她进行竞选演说，替她面对记者和挖苦者的唇枪舌剑，然后回家给做她最爱吃的牛肉豆腐羹，用保温桶带回来一口一口喂给她。医院里一个新来的警卫看见他鼓鼓的衣服下面藏着东西，命令他拿出来，打开，以防"那个圆滚滚的看上去像个炸弹似的东西具有危险性"。他只是一笑，轻声地央求警卫的动作快点，"她不喜欢吃凉的豆腐羹"。

另一位看上去年龄大一些的警卫把他的同事拉到一边："你知道这个老头子是谁吗？他曾经是世界上第二大通讯公司的副总裁，他怎么会具有危险性呢？如果打算制造什么麻烦，当年他只需要一纸命令，把你的电话费每分钟提高一美分，就会造成整个国家的灾难。"

记者们把这一小段在报上演绎得温情似水，他细心地给妻子喂饭的照片也传遍了网络。记者们围着医院每天比护士探视得还要勤，人们关注弗兰克的程度甚至超过了卡莉，更超过了那些正誓言旦旦要竞选的候选人们。记者们发现，这世界上最伟大的事情不是总统竞选，不是口号，而是货真价实的亲情的温暖。

哦，忘了说，他还是镇上的义务消防员。

在接受采访时卡莉说，"惠普是个很棒的公司，我觉得曾担任它的领导人是个光荣。如果从前的我算是成功的话，积极向上的态度、对工作的热情以及一个富于牺牲精神的丈夫是我成功的关键"。记者们继续追问："经历了这么多大风大浪之后，你觉得你的生活中还缺少什么。"她略略沉思："自由自在的时光。"

半个月后，在卡莉的一再要求下，弗兰克带着妻子离开了医院，把自家的轿车换成了一辆旧面包车，弗兰克打算带着妻子横跨整个美国。

在临行前几分钟，卡莉带着病容向闻讯赶来送行的记者和朋友们说："我知道自己得到了想要的东西，我的生活因为弗兰克的存在而显得自由自在，因此我很快乐。"

（本文部分内容引自《财富》杂志及《华尔街日报》的相关文章）

人物小传

卡莉·费奥利那：

1954—　，马里兰大学 MBA 学位，惠普公司前董事会主席兼首席执行官，道琼斯工业指数成分股企业中唯一的女总裁，3 次入选《财富》杂志评选的 50 位女强人。

曾宣布参加总统竞选，2016 年 2 月 10 日，卡莉·费奥利那宣布退出 2016 年美国总统大选。她在自己的博客上称："虽然我退出竞选，但我仍会周游全国，为那些拒绝现状的美国人奋斗到底。"

第三章

50分的眼睛，50年的紫藤萝：
乔安娜·伍德沃德与保罗·纽曼

等等，落笔之前请允许我犹豫一下：接下来的文字里，是侧重写夫妻之间的坚贞爱情，还是写夫妻二人的伟大演艺事业；是写乐善好施的慈善家，还是写两位奥斯卡得主……

去泡杯茶吧，窗外的紫藤萝已经开得足够艳了，整个季节都是它们的天下。

也许该从爱情入手。那是如紫藤萝一样拼死纠缠、不离不弃的爱情。一对黄金搭档，这似乎才是最主要的。在五彩斑斓的好莱坞，能坚守爱情的靓女俊男实在不多，50年不离不弃的爱情便值得仰视了。也许，执着的爱，本身就让这对夫妻光彩照人。

1. 紫藤萝式的爱情

是的，保罗·纽曼和他的妻子乔安娜·伍德沃德，在如云的好莱坞明星里，这两个人光凭演技，也许可以勉强挤进头等舱。但堪称标本的，是他们被称作紫藤萝式的爱情。

那是生命的恩泽吧。去望一眼，那些两两成双、彼此纠缠的藤蔓，你不会有摘花一朵别在襟上的冲动，只想轻轻抚摸，把嗅觉触觉全力集中起来，把那些拉了手就不再放开的细细软软的蔓蔓枝枝里全部的松缓、温馨，都纳入身体里去沉淀着。嗯，紫藤萝，有着最标准的楚楚动人的惊艳。

1953 年，28 岁的保罗在出演百老汇歌剧《野餐》时，与乔安娜初次相遇。演出间歇，他带着她，骑那辆 125cc 的摩托车，去五号公路上看沿路招摇的紫藤萝。整条公路上只有他和她，以及血管里烧着汽油的机车。对了，还有爱，浸着紫藤萝的淡香似远似近飘着。他折了枝条，系在彼此腰间，慢慢收紧，慢慢靠近。"看，我们就这样，不分开。"

5 年后，在赌城拉斯维加斯，二人的蜜月开始了。从那天起，夫唱妇随了整整半个世纪。值得一提的是，在婚礼上，保罗不是落了俗套地将戒指戴在新娘手上，而是送了一只银碗。

要感谢紫藤萝的缠绕吗？那根当年缠在身上的枝条，已被插在新房后园的草坪上，长得有半人高了。紫藤萝长势很好，爱情也越来越丰厚。那该是写满幸福的 50 年吧，当爱情褪去激昂，亲情粉墨登场，夫妇二人的演艺事业蒸蒸日上，丈夫在 7 次奥斯卡提名之后，终于在花甲之龄摘得了奥斯卡"最佳男主角"的桂冠，妻子更是早在 1972 年就拿下了戛纳电影节最佳女演员，1978 年的《看她怎么跑》又被评为艾美奖最佳女主角。

作为演员，算得上圆满了，他们赢得了全世界的鲜花、掌声和欢呼声，他们本可以嚣张一下了。想象一下，名满天下的事业有成者，每一次扮酷都应该引起世界级的海啸反应吧。

那你就错了，这是两个低调的家伙。为了躲避狗仔队的袭扰，他们甚至搬到了相对偏僻的康涅狄格州，过着"闲人免进"的隐居生活，除了拿到让他们心动的剧本。搬家时，夫妻俩还是没忘，移栽那棵茂盛的紫藤萝。

2. 打怪练级的人生

该谈谈成长了，"幸福"这个包罗万象的名词里，怎么能缺少事业的帮衬呢？除了婚姻堪称完美，保罗和所有人一样，也有着磕磕绊绊的前半生。而在某些层面上，没有了打怪练级的人生，也算不上传奇。

保罗是个退伍兵，这正好验证了他性格里的果敢、乐观，像紫藤萝一样坚韧疯长。在美国海军服役期间，虽然他再三恳求，军医还是把"色盲症"的诊断夹在了他的个人档案中。尽管他眼里只能看到灰蒙蒙、类似黑白电影的世界，并痛苦隐瞒了 20 年，但还是不得不退役。不过也好，从此少了一个平庸的士兵，多了一个万众瞩目的偶像。

海军生涯打造了保罗的强健体魄，喜欢体育的他成功申请到了凯尼埃体育学院的奖学金。但是一次膝关节重伤，又割断了他摘金夺银的体育梦。

梦碎得极其彻底，而且是两次。幸好凯尼埃学院给了他一个看起来最正确的建议，并成功给他联系了耶鲁大学戏剧学院，因为年轻的保罗，看上去简直帅呆啦。

帅哥在演艺界总是会好混一些，尤其是一个既有军人气质，又有运动员体魄和活力的帅哥。虽然最初拿到的都是些无足轻重的龙套角色，但是他在《野餐》中的出色表现，还是让华纳公司眼前一亮。

从《野餐》开始，保罗如鱼得水，无论扮演富翁的儿子还是职业棒球手，街边乞丐还是黑社会老大都游刃有余，能量的积累终于在他从影30年后爆发了。1986年，他拿到"最佳男主角"奖后，又在1995年入选"电影史上最性感的100位明星"。他是其中年龄最大的，排名12，成绩好得让人跺脚。

乔安娜，这位与梦露齐名的演技派天后可不是浪得虚名。洋娃娃一样的金发美女，和丈夫一样，同样从《野餐》里一跃而起，名扬四海。她一边做着贤妻良母，一边硬生生抢走了十多个世界级大奖，奥斯卡影后的位子坐得旁人心服口服。

3. 用 50 分的眼睛，创造出了 100 分的奇迹

在好莱坞，拿奥斯卡似乎不稀奇，稀奇的是夫妻俩常常联袂出演，双双获奖，更难能可贵的是与花边绯闻从来绝缘。相比而言，拿个"五好家庭模范夫妻"的牌牌更是实至名归。哦，对了，在美国，模范夫妻的爱情常被称作"紫藤萝式的爱情"。

差一点忘了说，半隐居的那段日子里，夫妻俩可没闲着，除了养花、养鱼、晒太阳，还开了家规模不小的食品公司，并将所有收益捐给慈善机构，金额多达 2.2 亿美金，但没给三个儿女留下一分钱。这该算是另一段脍炙人口的传奇吧。

2008 年 1 月 26 日是他们的金婚纪念日，保罗在典礼上慷慨陈词了自己与肺癌纠缠多年的不俗"战绩"，当然发言稿里少不了对妻子的由衷赞美。

遗憾的是半年之后，肺癌还是最终胜出。

直到这时，乔安娜才在遗书中得知丈夫是色盲症患者，而在这之前，她一直以为丈夫眼中的世界如他们流光溢彩的婚姻一样完美。

遗书中，保罗最后一次向妻子道歉：

亲爱的，原谅我一直将你关在厨房门外，这样做情非得已，因为你的丈夫是一个色盲。在我眼里，没有缤纷的水果，没有绚丽的沙拉，我的世界只有一片灰色，我只能凭形状来区分东西。我之所以选择将秘密保守至今，是想让我感官可以触及的电影梦更加完美，因为没有人会喜欢看一个有缺陷的人演戏，没有导演会接受一个看不清世界的演员。然而，我在失败了两次之后，是如此疯狂地热爱电影，我想证明自己可以靠演技吃饭，而不是靠一双迷惑人的眼睛……我很开心和你走过 50 年，因为你爱吃沙拉，因为你对颜色的丰富理解，使得我的人生因此丰富，并在你的帮助下，我得以用

50 分的眼睛，创造出了 100 分的奇迹……

那是个 5 月的午后，乔安娜把丈夫的遗书轻轻压在书页里，返回身，阳光很热烈，一些人影穿梭于光影流动之中。陌生的他们带着笑容，没有盟约，却还会不期而遇，像一本未读完的书。他们是否也会和保罗、乔安娜一样，即便被凡俗浸染得锈迹斑斑，却能在繁芜烟火之中，守着安宁和温暖的爱情？

不远处，紫藤萝沐浴在博大茂盛的阳光里，枝叶茂密，花穗秀丽，缠缠绕绕，至死也不分开。

（本文相关内容译自劳特尔的 *Wisteria Villosa Rehder* 一书）

人物小传

▶ 乔安娜·伍德沃德：

1930—   ，美国影、剧、视三栖明星，奥斯卡影后。与丈夫纽曼的 50 年不变的真诚爱情成为比他们流芳千古的影视作品更让人羡慕的好莱坞佳话。

▶ 保罗·纽曼：

1925—2008，好莱坞著名影星，奥斯卡终身成就奖得主，慈善家，一生捐款多达 2 亿 2 千万美金，是他那个时代好莱坞"唯一一个没有绯闻的明星，也是全世界演艺人的榜样"。

第四章

人生里的四个意外：
艾里西亚·拉迪与约翰·纳什

普林斯顿大学宴会厅，聚餐快结束了，人们西装革履或彩裙飘飘地在数十张桌子间穿梭着寒暄客套，气氛热烈得像夏天。而纳什的桌子上只有他和夫人两个人孤零零地一声不响，纳什正低着头全神贯注地对付一块牛排，而妻子则歪着头微笑着看着自己的丈夫，不时地掸掉他衣襟上沾着的番茄汁。

她已经这样微笑了几十年了。

一个年轻的女孩子径直走过来，"纳什教授，我能跟您合个影吗？您真的……我觉得……您真伟大"。纳什放下手中的叉子，愣了一下，然后点点头。闪光灯瞬间的炸闪显然吓了他一跳。

宴会厅里的人纷纷安静下来，自觉地排好了队，秩序井然地和这个被称为"伟大"的老头子合影，排在后面的人有些等不及，有个声音压低了说："在数学系待了四年，马上要毕业了，到头来居然连张和纳什的合影都没有，传出去要笑死人了。"

直到最后一个人拍完，妻子一直微笑着守在这个叫纳什的男人身边，替他整理领带，梳理头顶上为数不多却又一丝不苟的发丝。拍照结束了，她拉起这个男人向宴会厅的门口走去。所有的人都目送着这两个人，不说话。一个新入学的大一学生悄悄问身边的人，"我感觉这个男人好神奇，他是谁？"

"这世界上有几个最著名的疯子，比如凡·高，比如尼采。这个老男人也是其中之一，而且，他疯得这么特立独行，这么有性格。听说过纳什均衡吗？如果没听说过，那么纳什破裂呢？纳什嵌入呢？他就是约翰·纳什，目前为止活在这世上的最伟大的数学家和经济学家之一。你应该记住今天这个日子，它会成为你日后永远无法忽略的一个时刻——你曾经和世界上最伟大的疯子在一起吃饭。"

1. 第一个意外

结婚后不久，纳什就疯了。似乎所有痴迷数字的天才基因里都有疯狂的一部分，而电气工程师出身的父亲给了他太多的电气知识和对数字的敏感，于是年纪很小时纳什就超乎寻常地内向孤僻。他不喜欢和同龄的孩子玩耍，更喜欢躲在角落里看书。老师的结论是他有严重的社交障碍。

老师说的没错，但还有一句真理是这样说的：公平的上帝拿走了你一样东西，必定会再给你另外的东西作为补偿。不擅言谈的纳什对数学有着天然的敏感，他常常一言不发地坐在课堂上看老师旁征博引费尽周折地去证明一个公式，然后自己走上讲台，用简洁的步骤给老师一个目瞪口呆。1948年，纳什同时被普林斯顿、哈佛、芝加哥和密歇根大学录取，普林斯顿大学更是给出了每年 1150 美元的助学金。于是，纳什来到了普林斯顿，这个爱因斯坦曾经生活过的校园里，并在 21 岁那年的毕业论文里提出了让后半个 20 世纪都吃惊的纳什理论。

当代经济学界最著名的分支，博弈论从此诞生了。

那时的他，1 米 85 的身高，"像天神一样英俊"，是个足够让女孩尖叫又光芒四射的男人。1953 年，他未婚生子，女孩叫埃莉诺·斯蒂尔，是一个护士。这还要感谢他腿上的一个小瘤子，为了搞掉那个多余的东西他不得不在病房里住了一个星期，由此认识了斯蒂尔护士。出院不久，斯蒂尔告诉他，自己怀孕了。

家里那个做电气工程师的父亲还是相当霸道的，他让纳什立即结婚。但显然这个小伙子还完全没有成为丈夫或是爸爸的思想准备，而且他向父亲和斯蒂尔坦诚，有个叫艾里西亚的女孩子才是他所有灵感的源泉。

在麻省理工学院的课堂上，艾里西亚总是坐在第一排，个子不高，安静又充满了活力。她会以顽皮的表情向老师提问，而其实那些问题的答案自己早已熟知，她只不过是想以此引起老师的注意而已。纳什发现自己不仅注意到她，而且爱上了她。至于斯蒂尔，则"完全是个美丽的意外"。

2. 第二个意外

艾里西亚并不介意自己的心上人有了私情甚至是私生子，"在没有娶我之前，你有权做任何你认为合理或不合理的事情，记住，是没娶我之前"。但是那古板的父亲却不依不饶，强烈要求纳什为自己的所作所为负责，娶斯蒂尔为妻。当他得到纳什最坚决的拒绝之后不久，刚烈的父亲突发急病去世了。

纳什一生都处在应该为父亲的死负责的自责中，他一直坚信父亲是自己气死的并为此内疚了一辈子。

但这并不影响艾里西亚戴上结婚戒指。1957 年 2 月，他们结婚了。事实证明，这是除了若干年后拿到诺贝尔奖之外，最值得纳什庆幸的一件事。婚礼上，纳什说："这是我生命中第二个美丽的意外。"

迷恋于数学王国的人大多刻板，被称作"孤独的天才"。纳什甚至连与这世界互动的兴趣都没有了。他喜欢独来独往，不与任何人交流，每天沉迷于数字和公式之中。父亲的死对他刺激很大，他一连几个月把自己关在实验室里，连妻子的电话都不接。

但是每天早中晚，他会定时打开实验室的门。妻子会准时把饭菜送到门口，陪他说些话，看他一口一口吃完，然后收拾东西一个人回家去。偶尔会带来一把剪刀，把他蓬松的头发处理一下。有时候纳什会说些抱歉的话，但是妻子毫无怨言，"你只有一半属于我，另一半的你，属于你的学术。我不能全部占有你，这是我的遗憾，但我的幸运也在这里：我占有你的同时，也占有着你的学术"。

3. 第三个意外

然而结婚后不到一年他就疯了。1957 年圣诞节的学院晚会上，我们的数学家穿着婴儿服出场，但这并不是为了表演什么节目；几天之后的教授例会上，他捏着一份当天的报纸，严肃地声称这是来自宇宙神秘力量的信息，而"我已经解读了它"。他开始幻听幻视，目光呆滞，蓬头垢面，幽灵一般在深夜穿梭于教学楼里并声嘶力竭地大声呼号。

有一天，艾里西亚开心地告诉他自己怀孕了，但是他完全没有惊喜和快乐的表现，反而转身事不关己地走开了。

儿子出生之前，他被确认为精神分裂症。

"我是不是又经历了一次意外，虽然这一次意外并不那么美丽。"任何伟大的人在这里都被迫平凡：纳什被强迫穿上病号服，在这里他没有名字，也不再是震惊世界的科学家，他只是一个病号服上一个冰冷的数字代码。

两年的时间里，纳什接受各种精神病治疗，这让他没有时间摆弄数字。而作为一个"世界上最有前途的年轻数学家"的家属，艾里西亚被特许每天来医院陪伴两小时。

她有一个孩子，有一个枯燥的电脑程序员的工作，还有一个疯了的丈夫，当然了，她还有微笑。从认识纳什那天起，微笑就没有从她脸上褪去过。

业界同行已经忘了那个叫纳什的男人，只有这个女人没有忘记。虽然几年之后，儿子也被诊断出精神病，但这也没能让她失去微笑；虽然纳什以拒绝服药和配合治疗为要挟让艾里西亚和自己离婚，她最终也在离婚协议上签了字，但是每天还是有两个小时，她准时地出现在医院里。

"他们给你打针，让你变得像动物一样，好让他们像动物一样待你。"纳什在自己的日记上这样写道。当时对于精神病的治疗多是采用胰岛素昏迷治疗，但是这种治疗大多是以摧残病人的身体和意识为条件的，有探望纳什的同事回去说："他看起来乖得就像刚被人打了一顿。"

为了抗议医院的治疗，纳什开始拒绝服药甚至绝食，"我必须保持清醒，否则没有人能在我活着的时候完成我的理论"。而恢复服药的条件之一就是离婚，"我实在不忍心看着她为我如此操劳，我仅有的记忆里，她已经老了太多"。

"为了国家利益，必须竭尽所能将纳什教授复原为那个富有创造精神的人。"她坚信纳什不仅仅是属于自己的。在她的努力下，美国科学委员会设立了一个资助纳什治疗的基金会，基金会的宗旨就是"如果在帮助纳什返回数学领域方面有什么事情可以做，哪怕是在一个很小的范围，不仅对他，而且对数学都很有好处"。

偶尔清醒的时候，纳什会拉着夫人的手，劝她不要再来了，"我已经是个废人了，而且，我们也解除了婚约，没有任何理由要你对我负责，我甚至连我自己都无法对自己负责了"。

"可是，记得吗？你给我戴上戒指的时候，你说过的那句话，一辈子拿我做最疼爱的宝贝。"

"哦，是牧师让我那样说的。"

"可是，我回答你'我愿意'的时候，是我对你说的。"艾里西亚虽然为了让丈夫能继续配合治疗而签了离婚书，但是"我嫁了你，就意味着，不仅仅你要对我负责，我也要对你负责。而且只有我，才不把你看作疯子，只有在我这里，你才是个正常人。"

若干年后，恢复了意识的科学家纳什承认，对于普林斯顿大学和夫人为自己做的这一切，使得"我在这里得到庇护，没有因此变得无家可归"。这句话是在一个数百人的讲座上说的，在说这句话之前，他回身请坐在一旁的夫人站到自己身边，并热泪盈眶地抱住了她。

4. 第四个意外

1994 年诺贝尔经济学奖的获得者是这个叫约翰·纳什的疯子。

那时候他已经恢复了正常，而艾里西亚也用自己无私的爱守得云开见月明，在这场博弈中，他们彼此都取得了均衡和胜利。纳什说："我觉得最奇妙的还是这个缓慢的苏醒，在这个过程中我唯一的记忆就是她一直微笑着存在。"

"这是我一生中所有意外里最美丽的一个意外：你是我博弈论理论成立的最好的证明。"纳什每次讲课都不忘带着夫人，在普林斯顿的校园里，老两口手拉手踱步居然成了学生们课间最熟悉的风景。很多慕名来学校参观的游客也会齐齐地等在纳什夫妻的必经之路上，而另一些游客则专门拍摄这让人落泪的等待，"看，他们拉着手……看，这个女人治好了这个疯子，唯一的药物就是爱"。

是的，爱，其实就是简单的手拉手，不放开。艾里西亚不仅治愈了纳什，也最终治愈了同样患有精神病的儿子，儿子也成了数学家，并和父亲一样在普林斯顿大学任教。每天，一家三口彼此搀扶着，紧拉着的手，似乎从来没有松开过。

艾里西亚半个世纪的坚持和不懈努力被拍成了电影《美丽心灵》。电影里纳什在诺贝尔奖的获奖感言中说，"我一直相信数字，方程式、逻辑推理，一定有它的理由。但是，当我回过头想，我问我自己，什么是正确的逻辑推理，谁决定的。我探索这个问题，从肉体上，到精神上，到幻觉上，然后再回来，然后我发现了，我生涯最重要的事，这是我一生最重大的事情，就是爱是一种特殊的感觉，是没有办法靠正常逻辑去推断的。后来我清醒了，这都是你的功劳，你是我活下去的理由，你是我的全部。谢谢！"

最后一个意外来临了，纳什复婚了，离当初他们签离婚协议的时间，整整过去了半个世纪。"我没有把诺贝尔奖列入意外之中，作为一个科学家，拿任何一个奖项都不足称奇。属于我的第四个意外，是我终于能在半个世纪之后，还拥有我的夫人，在长达半个世纪的法律上的离婚时间里，她从没有离开过我的视线。今天的她，和当年我们结婚时一样，微笑着，而且，一点也不老。"

艾里西亚还是那样甜甜地微笑。"你也是我的意外，这样的意外，在死之前，我相信我们还可以再多一些。"

纳什把新买的戒指套在夫人另一根手指上，与结婚戒指交相辉映。而那枚结婚戒指，半个世纪以来，从来就没有被摘下过。

（本文相关内容取自电影《美丽心灵》及西尔维娅·娜萨《美丽心灵——纳什传》，上海世纪出版集团 2005 年 4 月版）

人物小传

▶ 艾里西亚·拉迪：

经济学家约翰·纳什的妻子，在背后默默无闻、不离不弃地支持和帮助丈夫。电影《美丽心灵》的女主角原型。

▶ 约翰·纳什：

1928—2015，出生于一个纯粹美国血统的中产家庭，却"有着一张英国贵族的英俊容貌"，现代著名经济学家，博弈论创始人，普林斯顿大学数学系教授，1994 年诺贝尔经济学奖获得者，被美国《财富》杂志评为"新一代天才数学家中最杰出的人物"。

他提出的"纳什均衡"理论成为博弈论的基础，如今他的名字已经成为经济学或数学的一个名词，如"纳什均衡""纳什谈判解""纳什程序""德乔治－纳什结果""纳什嵌入""纳什破裂"等。

第五章

一千个春天：
飞虎将军克莱尔·李·陈纳德与陈香梅

　　"1944 年是昆明初冬常见的那种天气，温暖而晴朗。但对于我，今天却是一个非常特殊的日子。人力车在古老的圆石子路上摇晃颠簸，它载着我去参加一次记者招待会，我，19 岁的陈香梅，算是一个女记者了。是的，像我这样一个受天主教教育，而且刚迈出大学校门的大孩子，我是否确有能力报道这种重要的军事新闻？能够写好那位表情严肃的十四航空队司令陈纳德少将吗？"

　　不久前，在一场战斗中，以飞虎队为首的中国空军势如破竹，风头正劲。从缅甸到台湾海峡，从南京到喜马拉雅山脉，十四航空队战无不胜，威震四海，以损失不足 500 架的代价取得了击毁敌机 2600 架，击沉击伤 44 艘军舰和大量商船的战果。而这很大程度上归功于飞虎队的领袖、有"飞虎将军"之称的陈纳德。

那时的陈香梅刚刚从香港岭南大学毕业，被分配到中央通讯社昆明分社做英语记者。参加工作的第一天，就接到了采访陈纳德的任务，这对于一个只有 19 岁、还没有什么实际采访经验的女孩子来说，未免责任太过重大了。以致她几十年后仍能清晰地记得那天的心情。她的忐忑甚至包含着对自己太过年轻的怀疑。"或许，这位名震天下的美国将军会感到受了侮辱，让一个年轻的女孩子来记载他的历史性活动。或许，他没有时间和耐心来理睬我。"

会议室里已经稀稀落落地坐了几个早来的同行，前一天才刚刚认识的同事鲍勃·冯冲她微笑，"我给你留了一个位置。"而这个 19 岁的小女生只会紧张地微笑。

会议室的门开了，一行人鱼贯而入。走在前面的是一位有着倔强下巴的中年人，看起来强韧而果敢。他轻轻落座，目光环视一周，语调里有着明显的美国南部乡村口音。"午安，先生们，"他的目光在陈香梅的脸上停顿了片刻，眼角的皱纹深沉下去，微微一笑，然后缓缓地补充着，"以及女士……"

1. "我想要叫你'亲爱的安娜'"

采访意想不到地顺利。锋利得像一柄快剑的陈纳德与其说是一位战无不胜的将军倒不如说更像一个慈祥的长者。散会时鲍勃还善意地叮嘱这个新上任的女记者"写稿子时如果有什么需要可以过来找我"。而当这位女记者表示她的谢意时，身后传来越走越近的脚步声。女记者回过头，她吃了一惊：将军正向她走过来。

是的，是向自己走过来的，虽然自己身边还有几个没来得及离开的同行，但她确信将军的目标是自己，因为他深邃的目光正盯着自己。"陈小姐？"

"是的，将军。请问需要我帮忙吗？"

"不。恰恰相反，"将军微笑，"令尊最近有信给我，问到了令姐静宜的近况，并提到你，说我不久将会见到他的另一位千金。"

静宜是陈香梅的大姐，在飞虎队做过两年的随军护士。在将军美国式的笑容里，陈香梅渐渐变得放松，但仍然能感觉到他目光中的威严和慈爱。

"将军，静宜姐姐经常跟我提到您和您的十四航空队。"

将军深深地弯下腰，绅士般地做了个请的姿势。"如果你不急着回去写稿，想邀请你跟我和我的同事们喝杯茶。"

怎么能拒绝呢？无论怎样，任何拒绝的理由都不成立，而事实上，她也真的没想过拒绝。

"陈小姐，她的父亲是我的挚交。我们在旧金山相识并成为兄弟。"在会议室旁边的会客厅里，将军把陈香梅介绍给他的同事们，"她的父亲得知她因工作需要分到昆明，特地来信托我照应。"

"看来这是一个战时最佳任务哦。"他的一个同事在打趣，而其他人则偷偷地笑。

"我请陈小姐来喝茶，是想让她知道战场以外的飞虎队是怎样的一群人，我想这有助于她的工作。"

此时的陈香梅已经完全不紧张了，十分轻松，或者说长辈带给她的安全感让她感觉十分享受。"我会尽力，将军。我是晚辈，无须太拘泥于形式，请叫我'安娜'吧，我的英文名字。"

这一次将军的笑从刚毅转为温情。"我想叫你'亲爱的安娜'。"

2. "上天的安排"

半个月后，陈香梅写的报道刚刚见报，陈纳德接到了通知。因国民政府与驻中国的美国军事顾问史迪威将军的关系恶化，美国决定将飞虎队调离中国战区。虽然陈纳德组建的第十四航空队名义上是民间组织，是美国志愿兵，但实际上无论从经费还是设备上都依仗美国政府的支持。鉴于此，陈纳德几乎没有理由不执行命令。虽然陈纳德渴望与日本人血战到底，但那时候已经没有任何的指挥权了。不过也好，他开始有了大把的时间。

他常常开着他那辆拉风的美国吉普车等在中央通讯社门前，点一支烟，欣赏昆明日落的美景。当陈香梅一脸疲惫地从报馆里走出来，这位美国将军就会走过去拉开车门。"小姐，请问您需要一个司机吗？"

那时候，陈纳德已经 52 岁，而陈香梅还是个 20 岁的年轻人。

年龄永远不会成为爱情的阻碍，这一老一少在一起时有说不完的开心话。陈纳德讲他上学时为了钓鱼，总是在学期末想办法捅几个不大不小的娄子，以求被学校开除，方便他有更多的时间钓鱼。然后在假期里，他又会想办法给学校做几件体面事用来作为他和学校谈判的筹码。而陈香梅则更愿意和这位长者谈及她小时候的流离颠沛。那时候，香港沦陷，她们一家从香港到广州，再从广州到桂林，一步步挨过去走了一年。那时候的苦，现在回忆起来却出奇地甜蜜，因为倾诉的心情不同，聆听者也不同。

陈纳德告诉她，自己将不得不回到美国去，为此他已经向美国军方递交了辞呈，辞去第十四航空队队长的职务。

在当年浴血奋战的机场，陈纳德拍着那些画有鲨鱼头图案的战机，跟这些自己的钢铁战友告别，而一旁的陈香梅则拍着胸前的相机微笑。"放心，我的机器里已经留下了它们的样子，以后你随时想看都可以。"

数月之后，陈纳德离开中国回到美国南部的乡下，又过了几个月，日本投降。在给陈香梅的信中，陈纳德说："在中国八年，我一直在等待着日本投降的这一天，只不过，最后结果是一样的，唯一的不同是我没有亲眼看到这一天并身处其中。"

"你不遗憾这一天到来的时候，我没在你身边吗？"20岁的陈香梅调皮地回信。"抗战胜利了，你也不再是美国军方的职务人员，中国很缺乏民用航空资源。我想你在中国可以大展拳脚，当然了，如果你认为中国有什么还值得你回来……"

1946年10月，陈纳德在中国成立了民航空运队，以民间身份负责国民行政院善后救急总署，负责战后灾区的物资运送工作。除了飞行，中国还有一个让他一定要回来的理由：那个小他30多岁的姑娘。

南印度机场，陈纳德驾驶着一架改装的老式喷火战斗机降落的时候，陈香梅就站在阳光下面，手中高举着一块纸板，上面是飞虎队战鹰的照片：一架涂着鲨鱼头图案的迷彩战机，战机前站着一位将军。

"日军投降的时候，作为抗战的一分子你没能亲临现场，这是军人终生的遗憾。但作为这个遗憾的补充，我今天出现在这里。"陈香梅望着这个老当益壮的男人，这个男人脸上洋溢着自信幸福的笑容。

"这是上天的安排……"

3. 一千个春天

许多年来陈香梅一直和外祖父一起生活。满脑子中国旧式思想的外祖父根本不接纳一个大孙女30多岁，甚至比她的父亲还大一岁的老男人，更何况这男人是个高鼻子的外国人。陈香梅知道外祖父喜欢打桥牌，就拉着陈纳德每天到家里陪老人打牌，还要他故意输给老人。周末他们会一起出去兜风，把老人哄得哈哈大笑。直到1947年，22岁的陈香梅终于得到老人首肯，与已经54

岁的陈纳德在上海结婚。

没有花轿，没有鞭炮和宾客，甚至没有陪嫁和盖头，国事安稳之后，家事的安稳就更显珍贵了。四方小院里烟火煮炊，一壶酒，两杯茶，已是至上的幸福。

50年代，他们搬到黄埔乡下，每天以打鱼卖菜为生。半年之后，陈纳德夫妇又到了美国。

日子虽苦，但快乐不减。30岁的年龄差并没有成为隔阂，反倒成了恩爱的催化剂。"和一个比自己年龄大很多的男人结婚，你就不得不放弃很多年轻人喜欢的活动。与陈纳德相守10年，是我们都深爱对方的10年，因为生活充满乐趣，而这乐趣，是一个美国大爷式的老头子给的，我沉醉其中并快乐着，这比什么都重要。"

1958年7月18日，美国国会通过了晋升陈纳德为空军中将的批文，总统德怀特·戴维·艾森豪威尔亲自授衔。9天以后，65岁的陈纳德逝世。临死前他躺在陈香梅怀里，说："谁说飞虎将军不会老？我老得都快认不出自己了。""没事，有我呢，我心里有你和你的飞虎队，永远。"

美国国防部以最隆重的仪式将陈纳德将军安葬在华盛顿阿灵顿军人公墓。他的墓碑正面是英文，镌刻着陈纳德传奇一生之中的所有荣誉，背面则用标准的中文刻着"陈纳德将军之墓"。这是阿灵顿公墓中仅有的汉字。

陈纳德去世后的第二年，闲居的陈香梅开始着手写一部有关一个中国小姑娘和一位美国将军的爱情传奇。书中，记录着陈纳德顽皮而坚强的学生时代，记录着他被国民政府邀请组建航空队的艰辛和血肉洗礼的对日作战经历，更浓墨重彩地记录着一份横跨大洋又横跨 30 年的平凡爱情。

"和那些我所遇见过的任何人相比拟，他是迥然不同的。他，像旭光：充满生命，仿佛霍然间，春天走进了我的心房，吹来了崭新的希望与期待。我意识到他的存在，我不再郁郁不乐，我不再畏惧不安。是时，我虽无从确切感应，但那次的想见竟是我新生命中的黎明。"

那本不算厚的册子先是以英文出版，而中文版有一个微风拂面的名字：《一千个春天》。

（本文相关内容引自陈香梅《一千个春天》，文汇出版社，2008 年 11 月版）

人物小传

▶ 陈纳德：

1893—1958，全名克莱尔·李·陈纳德，美国陆军航空队中将。曾在中国中央航空学校担任飞行教官及中国空军顾问，创建中国空军美国志愿援华航空队（飞虎队）。

▶ 陈香梅：

1925—2018，中央通讯社第一任女记者，飞虎航空公司副总裁，美国国际合作委员会主席，美国中美友好协会主席，美中航运总裁，被评为"全美70位最有影响力的人物"之一。著有《往事知多少》《留云借月》《一千个春天》《陈香梅的散文与诗》《春秋岁月》《春水东流》等中英文著作40余部。

第六章

你越老他就越爱你:

阿加莎·克里斯蒂与马克斯·马洛

如果问这世界上最著名的侦探是谁,福尔摩斯肯定能算一个,还有一个毋庸置疑当属波洛。这两个堪称传奇的人物形象都是存活在小说中的虚构人物,却影响了整个世界,甚至很多警察都反复阅读有关他们的小说,以便从中学到侦探知识。

1976年夏天,包括《纽约时报》在内的西方各大报纸纷纷发布讣告,《无所不能的波洛终于没能破解年龄之谜》《帷幕已经落下,唯有波洛永生》——在小说《帷幕》中,主人公波洛因为严重的关节炎,只能靠轮椅行动,并以生命的代价最后一次维护正义。那些讣告措辞悲痛,无限惋惜,好像真的失去了一个就活在身边的知心的朋友。

仅靠小说的主人公的身份就可以占据整个西方世界的各大报纸的头版头条，可以想象这个传奇人物在西方世界中的位置。的确，他的作者阿加莎·克里斯蒂因为创造了波洛的形象，在1971年被伊丽莎白二世授予爵士称号。这是因为一个虚构人物被授予爵士称号的唯一一个人。而那个记载了波洛神奇侦破故事小说的"母亲"——"侦探小说女王"阿加莎·克里斯蒂，是一个与波洛同样传奇的女人。

1. 她的高尔夫球技棒极了

传奇的作家怎么能没有传奇的人生和爱情？11岁，富二代的父亲去世，家道一落千丈，幸福快乐的童年戛然而止。姐姐麦琪开始自己写小说挣学费了。阿加莎说，我也写小说吧，因为"我口头表达能力太差，不具备在公共场合表现自己的资质"。

然后她就真的开始写了。《白雪覆盖的荒野》被一次次退稿，这让她很受打击。为了调节心情，她开始有意参加一些社交活动，试图在其中练习口语表达能力另谋一条出路。

口语表达练习的效果不好，但爱情开花了。在一场艺术沙龙上，空军少尉阿尔奇·克里斯蒂对这个身材高挑的美少女一见倾心，虽然他马上就要奔赴前线，但是还是不可遏制地爱上了她。

母亲当然是反对的，阿尔奇是个一文不名的穷小子，而且一旦开战，爱情再猛烈也顶不住一颗子弹。但是这显然难以成为两个年轻人爱情之火的阻碍，阿尔奇英俊潇洒，又能说会道，很好地弥补了阿加莎的不善言辞的缺陷，把未来的丈母娘哄得极开心。1914年圣诞，"一战"已经打响了，阿尔奇接到了参战命令，就在圣诞前几天，两个人终于完婚，婚后不久阿尔奇就上了战场。

可是阿加莎的表达能力还是连正常人的水平都算不上，她只有拼命地写啊，把思念和惦记融在文字里。除了给丈夫写信，她就继续写小说，《斯泰尔斯庄园奇案》已经改了好几稿，可是没有一家出版社垂青，这和很难收到丈夫的回信加在一起让她坐立不安了好久。后来她被朋友拉到医院参加志愿者活动，居然如鱼得水，两年的时间里从普通的护士升为药剂师。

她发现自己对药剂的功能和使用有着天然的敏锐感，于是她重新改写了《斯泰尔斯庄园奇案》，严格按药剂知识把主人公退休警探赫尔克里·波洛打造成一个对药剂学敏感而思维极其紧凑的神探，充满了"灰色脑细胞"（推理因子），这本书由于对药剂使用的准确度竟然在数年之后被推荐为大学化学系的课文。

哦，丢开那些化学元素和神探波洛吧，我们继续说爱情。战争结束了，这是个好消息；阿尔奇回来了，这是另一个好消息。阿尔奇毫发无损，阿加莎成了他作品的第一个读者。

"我从来没想到过你文字的组织能力和奇思妙想如此天马行空。波洛将会永生。看来小说治愈了你的语言表达迟缓症。""真的吗？可是我还没出版过。""别着急。波洛在你的笔下是一个名副其实的绅士，而且，你的推理无懈可击。和以往的推理小说完全不同，这是一种让人感觉异常舒适的刑侦推理，甚至连谋杀都显得如此的温和优雅。你会一鸣惊人的。"

被阿尔奇说中了，阿加莎塑造的大侦探波洛果然一鸣惊人。当战争结束，人们已经从恐惧中回归对生活质量的要求上来之后，精神领域的充实促使出版业重新回温，而阿加莎的"舒适推理"更是另辟蹊径让读者耳目一新。一夜之间，文学界就都知道了世界上有一个虚构的传奇侦探波洛。也是一夜之间，出版社的、报社的约稿就像雪片一样飞来。

阿加莎开始忙了。她甚至不得不随时带着一张画板，以便自己能在任何灵感来敲门的时候立即摊开稿纸进入写作状态。"大概和狗叼着骨头走开的情况差不多。狗偷偷摸摸走开，半小时见不到踪影，随后它会鼻子上沾满泥土出现在你面前。每逢我得以抽身，关上房门不让打搅，就可以伏案完全沉浸在写作中。"

阿加莎终于找到了自己准确的可能成功的事情来做。她没有时间陪丈夫，阿尔奇也不需要她陪，一个从战场上经历了太多擦肩而过的死亡之后的年轻人，需要的可能更多的是看穿了世事和生死之后的及时行乐。他和那些同样从战壕的死尸里爬出来的战友们天天喝酒，然后开着车去野外，常是几天不回来。他的妻子是名人，有似乎花不完的钱供他弥补战场带给他的灰暗，冲刷他身上的死亡气息。

偶尔回家，阿尔奇除了带着一身酒气睡觉，就是和妻子喋喋不休地谈论他的高尔夫技术如何突飞猛进，而阿加莎更想丈夫能给她的小说推敲一下下一章的情节。在日记里，她自嘲地写道，"我正在渐渐沦为高尔夫寡妇"。

为了不让丈夫的鼾声打扰自己写作，她开始把自己锁在乡下以便全身心地应付那些出版社的约稿函。她写作速度飞快，而且构思上也不会事先圈定一个罪犯，而是兴之所至地写到"够一本书的厚度时便从众多的人物中随机挑出一个人来承担罪责"。这种连作者本人都不确定的情节走向让她的小说奇峰突起，悬念不断，惹得全世界的推理迷们都惊呼不已，更让那些前辈大师们黯然失色。阿加莎成了会用文字写推理的毫无争议的第一人。

可是，母亲去世了，这个世界上给她最多爱和安全感的人没能挺过 1926 年的夏天。母亲离世的悲痛加上拼命写作的劳累，阿加莎在回到老宅艾斯菲尔德收拾母亲的遗物时病倒了。

阿尔奇没有在她身边。现在高尔夫球棒比那个当初他发誓生死不离的妻子更迷人。但是听说妻子病了，他还是回到了艾斯菲尔德。不过在送她去医院的途中，他说："等你病好了，我们离婚吧。那姑娘叫南希·尼尔，哦，她的高尔夫球技，棒极了。"

2. 你的笑更重要

阿加莎彻底垮了。

经历了一次自杀和一次长达 12 天的失踪（那次失踪堪称世界上场面最宏大的失踪，当局动用了 15000 人和数十条搜救犬，甚至连同样以福尔摩斯成名的著名推理作家柯南·道尔也凭自己的经验参加了搜救）之后，阿加莎真正地失踪了。1928年，阿尔奇拿到了离婚协议书两周之后就娶了南希·尼尔，阿加莎则封笔埋名，以一个普通旅行者的身份去了遥远的东方。毕竟，治愈爱情的最好方式就是离开。

幼发拉底河边的古镇乌尔，是一座沉默了数百年的寂寞安静的休闲地，游客不多但风景极好。阿加莎决定在这里休养一段时间，因为她的粉丝兼朋友，著名考古学家伍尔夫妇在这里有一座不大的乡下别墅。

伍尔夫妇的工作很忙，于是派助手马克斯·马洛照顾她的日常起居，并以司机的身份陪同她在周边旅行。

署名玛丽·威斯特玛考特的心理分析小说突然出现在各大书店的头排位置，马洛看着这个已近中年的女人重新拿起了笔，心里知道，一些伤，已经开始结痂。那些小说风格新颖，与以往的推理小说完全不同。

考古学者身份的马洛对各地的风情了如指掌，加上口才极好，人又细心体贴，这让阿加莎终于重新拿起了笔，但是她不愿再用原来的名字了，像告别前半生的自己。她给自己取了个很长的名字，"我希望我能活得像我的名字一样长。""当然会了。你和你的作品一样，是青春长在的。"马洛笑着说。在希腊的时候她的脚踝受了伤，马洛在病床边寸步不离地陪伴，每天看着她打开画板，铺好稿纸，像一位巧手的匠人一般编织她的文字，等她能下地活动了，马洛就一路护送她回到老家。

在路上，他向她求婚了。

"可是，我已经40岁了，比你大了整整14岁。你和我说过，你和我姐姐的儿子是大学的同学，我足可以做你的姑姑。"

"年龄很重要吗？我倒觉得，你的笑更重要。"

3. 嫁给考古学家的好处

马洛才不管那些，他只管任性地娶到自己心仪的女人。阿加莎的姐姐麦琪坚决反对他们的婚姻，甚至拒绝出席婚礼，但是马洛还是以一个简单的仪式迎娶了这个风韵不再的女人。但是阿加莎拒绝记者拍照，因为这个现在名叫玛丽·威斯特玛考特的新式心理分析小说家不想要那些旧相识认出自己。她始终不愿再碰触到一些疼痛。

马洛在叙利亚考古，阿加莎每天除了写作就是帮忙给考古队洗衣服整理内务，成了整个考古队的"大嫂"，甚至在空闲的时候还垦出一块菜园。

幸福总会催生出一些令人欣喜的事情。阿加莎第二次创作高峰来临了。她以一年两本书的速度疯狂写作，最著名的《东方快车谋杀案》等作品再一次风靡世界。

阿加莎喜欢甜食，而且每当创作欲望亢奋时胃口就出奇地好，加上她年龄本就比马洛大上好多，两个人站在一起时简直不是一个重量级。长年的野外生活和日光暴晒让马洛显得精干结实，而她则身材肥胖，老态龙钟，但是马洛每天下班回来第一件事就是亲吻他心中的女神，和她一起进厨房，开玩笑式地问她："你写了那么多投毒案，我过会儿的晚餐会不会有什么危险？"

"哦，放心，我是你的毒，可是你已经吃了这么久还没有事。"

这个时候，世界上已经没有人不知道阿加莎是谁了。记者们会每天都来打扰，而她则随时都慈祥地笑着，极具耐心，面对任何人都不会回避和马洛的恩爱。"嫁给考古学家最大的好处就是，妻子越老，他就越爱她。"

阿加莎已经很老了，肥胖的身材更加重了她心脏的负担。虽然 1971 年时她凭借着传奇的主人公大侦探波洛被女王陛下授勋为爵士，但是这并不能让她欣喜，因为任何快乐和荣誉都对越来越远的健康无能为力。

为了不让世界失望，给世界一个完美的结局，她特地在小说《帷幕》和《神秘的别墅》中给大侦探波洛和他的助手安排了结局：波洛已经无法自由行走了，关节炎让他不得不坐在轮椅里，并在波洛最初成名的斯泰尔斯庄园里最后一次维护正义。波洛说，秩序稳定的"昨日的世界"已经不复存在了。而这个传奇的无所不能的大侦探，在小说里终于成了马洛手中那些古董一样，老朽，却又不朽。

75 岁时，阿加莎历时 15 年完成了她的自传，在这本书的最后，她写道："我已经 75 岁了，到了该封笔的时候了。面对这个大到让人心生恐惧的年龄，我该对自己和这个世界说点什么呢？感谢上帝给了我幸福的后半生，还有一个男人深厚的爱。"

（本文相关内容引自《阿加莎·克里斯蒂自传》，新星出版社，2017 年 6 月版）

人物小传

阿加莎·克里斯蒂：

1890—1976，英国现代文学界的传奇人物，侦探小说家，剧作家，世界三大推理文学宗师之一，被誉为"侦探小说女王"。其创作的大侦探波洛与福尔摩斯一起被认为是"世界上最有影响力和人格魅力的虚构人物"。代表作有《东方快车谋杀案》。

第七章

爱比什么都重要：
吉姆·卡萨里与罗伯特·阿弗雷

"Love is never having to say you're sorry"（爱就是永远不必对你爱的人说抱歉）是埃里奇·西格尔的小说《爱情故事》的主题语，这句话后来成为流行于整个西方世界的爱情宣言。随后以这部小说为蓝本改编的同名电影一举拿下了7项奥斯卡奖提名，经典台词"爱就是永远不必对你爱的人说抱歉"更是被美国电影协会评为世纪最佳电影对白第13名。

很多人仅凭这句精彩对白就对埃里奇·西格尔顶礼膜拜。但是更多的人知道，这句著名的爱情宣言最早是出自一本名叫 *Love Is...*（《爱是……》）的漫画册，画册的作者是一个名叫吉姆·卡萨里（Kim Casali）的新西兰女孩。

1. 爱是抱着我们爱的结晶，就像抱着全世界

吉姆·卡萨里最初被世人所知倒不是因为那本青春浪漫的漫画，毕竟类似于简笔画的"小孩玩意"似乎很难与艺术圣殿上的大师级作品比肩，也很难让人记住。人们知道她，更多的是因为她是世界上第一个用已故先生的精子人工受孕生产的母亲。

这件事在1977年的时候还是件足以震惊世界的大事，毕竟这个名叫米洛（Milo）的孩子是不是和正常人一样具有遗产继承权，这是一个"钻了法律空子"的问题。整个1977年，全世界的社会学家和司法界都在探讨这种"人工授精的遗腹子"的继承权问题。随之而来的，吉姆也成了风口浪尖的"问题女子"并被全世界的道德规范质疑和谴责。

吉姆才不管那些，她细心地照料着这个看似弱小的儿子，她甚至因为担心雇佣的保姆会不够精心而辞掉了自己的工作，一心把米洛培养成德智体完全健康的阳光男孩。每天早上，鸡还没叫头遍，她已经蹑手蹑脚地爬下床进了厨房，直到把三个孩子都送上校车，才在上午的阳光里摊开纸，托着腮漫无边际地胡思乱想一阵，再随手画上一些有关爱情的颜色。那时候她从不看报纸，因为报上的头版头条肯定是关于为死去的丈夫以人工方式生儿育女是不是合理合法的陈词滥调。偶尔有记者来访，她一般都会拒绝，对于此类问题她永远是沉默和坚决的，唯一的一次回应是从门缝里塞给一位替她找回了刚刚走失的宠物猫的身材瘦小的女记者一张纸条。那回应与其说是给记者一个交代不如说是表示她对宠物

猫的失而复得的惊喜。纸条上只有短短的一句，"米洛是他父母自身爱的结晶，如果有人对此质疑，我只能说这世界太过分地冷漠了。人类甚至对于一只猫的信任都胜过信任人类自己。"

在给那个记者的纸条上，她匆匆几笔画了她在几年前出版的 *Love Is...* 中惯用的一男一女两个小人，怀里抱着他们的孩子。在画的下边，她签上了这样一句，"爱……是抱着我们爱的结晶就像抱着全世界"。

2. 爱是害怕时躲在你身后

还是个小女孩时，吉姆也是喜欢拥抱全世界的。19 岁时第一次离开家旅游时，她就喜欢上了这样一种放任身心的漂泊感。数年之后，在护照上盖了数十个章之后，她几乎已经游历了整个西方世界。当她发现自己必须要学会滑雪才能征服那些冰冷世界里美妙无比的高山时，她报名参加了洛杉矶的一个滑雪班。然后理所当然的，一段有关爱情的故事正式上演。那个男主角名叫罗伯特·阿弗雷·文森·卡萨里，是个意大利裔电脑工程师，他同样是个热衷旅游的人。那一天她在课堂上练习速降时突然忘记了急停的要领，眼看着就要冲到训练场外的雪原上了，教练离得有些远，这更让她惊慌失措。

幸好旁边的自由滑场地上冲出了这个意大利小伙子，一把拉住了她，但是速度太快了，而前面就是一道雪墙。急切之间罗伯特一把把她拉到自己身后，于是虽然狠狠地撞到了雪墙上，但是她毫发无损，而罗伯特则鼻青脸肿。

虽然戴着护具，但是罗伯特还是有些轻微的脑震荡，当时明显是撞晕了。她惊魂未定地拉起他，意识有些模糊的罗伯特开口的第一句话竟然是："这就是爱吧。爱是你害怕时，就躲在我身后。"

细节可以忽略了，爱情里各有各的美好，那些美好只属于相爱的两个人，能与人分享的应该是从爱上了罗伯特之后，吉姆终于找到了可以拿来分享的方式：用她自幼喜欢的简笔画来抒发爱情。每画一幅，她都拿去给罗伯特看，偶尔罗伯特会给她的画加上批注，"爱是一想到他再平凡的日子都会闪闪发光""爱是醒来看到他睡在身边""爱是确保他会按时吃药"……渐渐地，她的画越来越多，他的批注也越来越新颖美妙，那些相爱时的点滴小事都成为她笔下汹涌而出的故事，而那些故事，见证了两个心心相印恋人的每一分钟。

1970 年元旦，这些画终于得以出版，为此罗伯特花费了他一年的薪水。在第一批五百册印刷出来时，她有些内疚地对罗伯特说："我们恐怕没钱旅游了。"

"没关系，我们可以看这些画消磨时间。"罗伯特笑，搂着她的肩膀，"难道有这些瞬间还不够么？多美的风景，都不如和你在一起的时候。"

3. 爱是过去，是现在，是将来

埃里奇·西格尔的小说《爱情故事》出版于 1971 年，作者也坦承小说借鉴了吉姆的漫画。小说在畅销榜第一名的位置上呆了 20 周之久。吉姆和罗伯特也于当年 7 月回到了新西兰，在奥克兰爱普森区的圣安德鲁教堂举行了他们的婚礼。婚礼简单得像她的画，幸福快乐得也像她的画。新婚致辞是新娘作的，这很少见，但无论是言辞和表达能力，吉姆都要比内向的丈夫更强。"这座教堂对我有着非凡的意义，你们知道，34年前，我的父母也是在这座教堂里举行了婚礼。此刻已经安息在天堂的父母无法见证我的婚礼，我很悲痛。所以我的罗伯特——"她转向自己的丈夫，"无论如何你要答应我，不要死在我前面。"

这世界上有一种遗憾就是越担心发生什么，就一定会发生。1975年，仅仅四年之后，罗伯特被诊断为癌症。

疯狂扩散的癌细胞令他迅速地消瘦下去，而更憔悴的却是吉姆。她的第二本画册已经接近尾声，出版社更翘首以待，吉姆放下了一切工作，终日陪在罗伯特身边。

圣诞节到了，病中的罗伯特问妻子想要什么礼物，吉姆微笑，"我只要你好好活着"。

"可是每年都会有礼物给你啊。今年我也不想例外，因为明年的今天，我是不是还能这样面对你都是问题。"

"最好的礼物是爱。我想再给你生一个孩子。"

他们已经是两个孩子的父母了，而且罗伯特的身体状况也不可能再满足她的这个愿望。但是有什么比爱的结晶更让一个女人满足呢？

没几天，吉姆拿来一份文件要丈夫签字，罗伯特吃惊不已，是"人工受孕确认书"。文件要求在冷冻罗伯特的精子之后，如果罗伯特在吉姆再次怀孕之前去世，会采用人工受孕的方式使吉姆再次成为母亲。

人工受孕在当时几乎是超出人伦艾范围的事情。罗伯特深知这一点，但是吉姆义无反顾，"我不管世界说什么，我只知道我想给你再生个孩子"。

罗伯特去世两个月后，吉姆接受了人工受孕，并在一年后生下了她的第三个儿子。

生产当天，吉姆画好了她第二本画册的最后一幅，批注上，"爱比什么都重要"。

接下来陪伴吉姆的只有孩子和画册了。直到有一天，吉姆画不动了，而她和罗伯特的三个孩子，都已经长大成人了。长子斯特凡诺（Stefano）接过了母亲画了一生的画册，把母亲的简笔画发扬光大。"这是我们家庭延续爱的方式，它也将成为世界级的爱的延续方式。"

小儿子比尔·爱丝普蕾（Bill Asprey）成了画册批注的继承人，所有的画和批注，都被日常生活中的小感动充满，批注上也延续着吉姆的格式，"爱是命中注定的相遇"，"爱是有人视你为珍宝"，"爱它本身已经是最好的奖赏"。

人物小传

▶ 吉姆·卡萨里:

新西兰漫画家，其画风质朴简单，饱含浓郁的人性暖意和女性特有的温情。其一家两代坚持"以最简单的笔画描绘最深切的有关爱的一切温暖"。

情天

恨海

天

中篇

第八章

初恋的"宿命"：
鲍勃·迪伦与苏西·罗托洛

很多年以前，看《阿甘正传》，看珍妮抱着大吉他坐在舞台上，目光游离又心不在焉地唱：

How many times must a man look up

（一个人要多少次挺胸）

Before he can see the sky

（才能看得到蔚蓝天空）

How many ears must one man have

（一个人要倾听多久）

Before he can hear people cry

（才能感知到伤心的哭泣）

……

像摇滚不摇滚，像民谣不民谣，恍惚觉得音乐流淌在某条属于时光的河上，而那些水流的声音，和心跳搭得那么合拍。沿河应该有些房子老旧得和爷爷一样。那些洗涮的妇人把各色的衣物晾在河边，嘴里哼着些听不懂的调子；春江水暖，鸭子很欢脱。那些接着地气的烟火、小院、青瓜，水一样柔的音乐和古老淳朴的民风，竟然一样都不缺席。当时就想，是谁有如此的魔力，把一个个音符塞进曲子，打造了这样迷幻的音乐？

同学说，街角的唱片店里有这首歌，可以带我一起去。于是，捧着那张唱片再不撒手。封面的背景是零乱的街道，瘦削的男人缩着脖子，把手插在口袋里，看上去天气很冷，他身边的女人紧紧地挽着他的胳膊，笑得很开心的样子，一件深绿色的大衣把这个女人打扮得像一堆意大利香肠。看得出两个人活得似乎并不如意，甚至连件合体的衣服都买不到，但那一刻又相互依偎着笑得青涩而开心，世界很冷，但那一瞬间，温暖。

同学指着那男人说："他叫鲍勃·迪伦，拿到过六届格莱美音乐大奖，是牛得不能再牛的音乐人；他身边的这个女人叫苏西，是迪伦的初恋女友；那首《阿甘正传》里的歌，叫《答案在风中飘》，是这张专辑的主打歌，而这张专辑的名字叫《放任自流的时光》。"

似乎是一下子无法接受这样大量的信息，当时我不得不掏出笔一点点记下来。后来听人说，苏西出了本回忆录，书的名字就叫《放任自流的时光》。

冲进书店抢了一本，我很想知道这个美国音乐史上丰碑般的民谣前辈和苏西之间到底发生了什么。

1."这一次它射中了我的心脏"

1910 年前后，美国纽约西部渐渐成了作家、艺术家和思想家的聚集地，包括马丁·路德·金和格瓦拉等人都曾在这里居住或路过。后来的美国现代思想的发源地应该就在这里，人们叫它格林威治村。美国人在 18 岁就被允许喝酒，背着枪去战场上杀人，却要等到 21 岁才有公民权和选举权。这迫使一些激进者试图通过一些手段去改变，一些人选择了参政，比如马丁·路德·金；一些人选择了参战，比如格瓦拉；还有一些人选择了写作，比如苏西；当然了，还有一些人选择了音乐，比如迪伦。

坐在"格迪斯民歌城"里，苏西和朋友——《纽约镜报》的记者皮特·卡尔曼——本来是想放松一下的，但是皮特职业习惯使然，对着台上的歌手指指点点地大声评论着。苏西心想，这家伙一定是喝多了。

两个男人在台上演奏，稍胖的那个弹吉他，另一个稍瘦些的用口琴伴奏做着陪衬。当吉他成为主旋律时，口琴师总会下意识地后退半步，那口琴师安静而文弱，甚至是有一些怯场。

皮特冲台上喊："马克，你的吉他棒极了。"吉他手就冲她微笑点头。马克有一副美妙绝伦的肩膀。一曲终了，口琴师还在继续他最后一小节副曲，皮特指着人群让苏西找出周围还有谁比马克更帅。苏西微笑，"比不上马克，马克的肩膀真的很迷人"。

口琴也结束了，马克转身下场的时候皮特喊了一句："嘿，肩膀哥马克，来见见我的朋友苏西，她说你很帅。"

苏西顿时变得窘迫不堪，而身边那个握着口琴的人也循声转头望向这边。

"第一眼看到苏西，我就目不转睛。她是我见过最美的尤物。空气中充满了香蕉叶子的味道。我们开始交谈，我的头开始晕眩，丘比特之箭曾经在我耳畔呼啸而过，但是这一次它射中了我的心脏。遇见她就像是走进了《一千零一夜》。她的微笑照亮了一整条熙熙攘攘的街道。我知道自己生平第一次坠入了爱河，即便三十英里外我仍能感觉到她的气息。"当晚，口琴师在他的日记里这样写道。

哦，对了，相信谁都猜得到，那文弱的口琴师，叫迪伦，鲍勃·迪伦。

2. 西四街 161 号

苏西是意大利人，之所以来到格林威治村并非要以文学爱好者的身份来赶时髦。母亲本来是要带她回意大利完成学业的，不过她们那辆小小的雷诺车在纽约近郊出了点意外，苏西的右眼睑缝了 30 针，幸好姐姐就在车祸现场不远的格林威治村工作，于是母女三人就在这里暂时安顿下来。

母亲不能工作了，家里的生活变得异常艰难，苏西也不得不开始打各种零工。那晚，口琴师迪伦要走了她的地址，然后每天会赶在她下班的时候候在门外，手里必不可少地捧着一束花，并邀请她去酒吧听他唱歌。苏西拒绝了一个礼拜之后，终于说了句："好吧，但是我不能太晚。"

那是段春暖花开的日子，虽然时近隆冬，但是每一段属于爱情的日子都是春天，花开得正好，鸟声雨声都那么爽心悦目地美。"从早晨开始，我们就这么热切地聊着，直到晚霞烧红了天际，一抹斜阳暖暖地映在了我们脸上。他风趣，迷人，严肃，强烈，执着。这些词完全可以概括我们俩在一起时他给我的感觉，只是词的先后顺序会随着心情或环境而变。"苏西脸上的伤疤几乎全好了，爱情是治愈系的，世界通用。

迪伦开始给她写歌，几乎每隔两三天就写成一首，然后挎着吉他和她去河边。于是那条河就整夜都响着吉他声。当沿河的住户们怨声四起地声称两个年轻人打扰了他们的清静时，他们决定找一个不会打扰到别人而别人也不会打扰到他们的二人世界。正好那时候哥伦比亚唱片公司的金牌制作人约翰·哈蒙德签下了迪伦，并预付了首张唱片的订金。他们有钱租房子了。

西四街161号，时至今日这里仍然每天都会聚集众多的游客。破旧的木地板看起来很旧很脏，但是在两个年轻的充满了爱情的人眼里却很复古很文艺。房间里阳光充足，但卧室实在是太小了，单是一张床就差不多占满了整个房间，根本就转不过身来；沙发其实不过是一个铺着泡沫垫、放了几个抱枕的木框架而已。

但是足够了，无论多穷苦，有爱，一切就都足够美好。

随之而来的是迪伦开始红了，他那磁石一般的嗓子天生就是为了音乐而生的。搬进西四街161号四个月后，1962年3月，未满21周岁的迪伦推出了第一张以他名字命名的专辑。虽然反响平平，但这也是他们意料之中的事，毕竟第一张专辑里政治指向太明显。

第二张专辑《答案在风中飘》就全是迪伦躲在那个满是阳光和爱情的小屋里给苏西写的情歌了。专辑的封面就是那张很穷但是很快乐的二人依偎照，"我们当时都快冻僵了，尤其是穿着单薄夹克的鲍勃。"感谢摄影师唐·汉斯滕吧，他的食指轻轻一抖，留住了被民谣界奉为经典的画面——迪伦缩着肩膀低着头，苏西紧挽着他的手臂生怕他会跑掉一样，可是一脸的幸福让每一个看到这个封面的人都惊呼爱情的伟大。这张照片成为20世纪60年代的一个图腾符号并温暖了整个世界的心。

38年后，在电影《香草天空》中，汤姆·克鲁斯和佩内洛普·克鲁兹还原了这一刻。

3. "那种阴冷的空气让我倍感惊恐"

随后大红大紫的专辑《放任自流的鲍勃·迪伦》一举奠定了他的巨星地位，迪伦已经炙手可热了。马丁·路德·金那个著名的演讲会请迪伦去唱，格瓦拉也亲自接见了他。他的唱片一摆上货架就被哄抢一空。可是迪伦更喜欢给苏西唱，"大海带走我的姑娘／我的姑娘带走我的心／她把它装进行李箱／带到了意大利，意大利"（《沿着高速公路》）；"我给了她我的心，可她想要的是我的灵魂"（《别想太多，一切都好》）。他一遍遍地歌唱爱情，虽然每天和苏西待在一起，甚至每一首歌里都有她的影子，可是他还是喜欢给她写信，几乎是每天一封，然后在其中提炼出写歌的经典句。每次上台，他都会在前奏响起的时候说一声，"我的歌，献给……"台下的观众会大声附和"苏西——"

然后他就笑了，笑得像一个孩子。

但是苏西想哭了。

随着迪伦声名鹊起和媒体的关注度加大，苏西发现自己对这个男人愈发陌生了，她开始变得易怒、多疑，甚至有些神经质。她发现迪伦总是从银行里取钱出来然后不知道转到哪里去，更让她恐怖的是她发现自己居然连他的真实名字都不知道。

从政客到街边小店的老板都开始想和迪伦有些瓜葛了。他们会排着队请迪伦喝酒，当然了，苏西总是要以助手兼恋人的身份作陪，经常在午夜才醉醺醺地回到他们的阁楼上。有一次，当迪伦醉眼惺忪地从口袋里中掏钥匙时，有张卡片掉在了地上。几秒钟前他们还在大声地说笑，谈到了巷口那条大黄狗似乎有了新欢的事，但当苏西捡起那张卡片的时候，心里一惊，突然变得沉默了。

那张卡片是迪伦的征兵卡，上面还贴着一张迪伦年轻时的照片。照片上的迪伦还很稚嫩，但苏西完全可以确认那就是迪伦。

征兵卡上，眼前这个红透了半边天的歌星叫罗伯特·艾伦·齐默曼。"所以，齐默曼才是你的真名？是吗？那么，你为什么不告诉我？"

迪伦已经喝了不少酒，但显然还不至于醉到不省人事。他靠在门框上，脸上的表情似笑非笑。他不说话，只是轻轻地喊着她的名字。

"事实上，我对我们结识之前的你的经历，包括你的家世，一无所知。"这让苏西难过极了。

两个月后，苏西又发现了迪伦和她的女助手琼·贝兹经常单独出去，她跟踪了几回，不止一次目睹了迪伦把支票交给贝兹。随着迪伦名气变大，他的坏脾气也越来越大，甚至整夜不回家，常是托人捎纸条回来让她"准备下周去巡演的服装""和律师签演唱会的合约"。回来也是满身酒气，连话都不多说倒头就睡。

"你不想和我好好谈谈吗？或者，至少你回家以后和我说点什么，比如巷口的大黄狗怎么样了。"苏西的任何问话都得不到回答，当初那个只要黏在一起就有说不完的话的迪伦甚至连眼睛都不愿意睁一下。

"我怀孕了。"苏西闻着迪伦身上的冲天酒气，一阵阵地作呕。

迪伦已经轻轻地打起了鼾。

那时候应该是 1963 年 8 月上旬，迪伦的巡演刚刚开始，苏西借口生病没有陪他一起，随后收拾了自己的东西搬出了西四街。

几天之后，结束了巡演的迪伦找到苏西的姐姐家。那时候姐妹俩和母亲还租住在十公里以外的镇上。

姐姐卡拉很过瘾地大骂了这个当红歌星足足半个钟头。房门半开着，卡拉堪称魁梧的身躯严严实实地挡住门，那天迪伦没有喝酒，他倚着门，脸上还是那种似笑非笑的表情。卡拉嗓门很高，声称迪伦"满嘴谎言""脚踏几只船""控制欲强"以及"虚伪"，时不时回过头冲躲在房间里的苏西说："我一向是觉得你离开这个臭名昭著的王八蛋会过得更快乐……"

苏西不说话，无力地靠在沙发上，透过卡拉和门的缝隙瞄着门外迪伦露出来的半条腿上，整个世界开始暗淡下去。

姐姐似乎是骂累了，她让开了堵着门的身体。苏西站起来，走出去，沿着西四街向 161 号的方向走去。路灯昏暗，空气里有一股结局的味道。迪伦不声不响地跟在后面。

"你知道，我一直是个独立的女权主义者，不错，你才是焦点，但我未必就该围着你转……我不想成为你吉他上的一根琴弦。和你在一起，是因为我可以感觉到快乐和幸福，但这并不意味着我就要依附在你的光环里，或者是走在你身后，捡起你扔在地上的糖果纸。"

迪伦显然是在听，努力地在听，但是他并不说话，亦步亦趋又不紧不慢地跟着。

"我搪塞不了与'神'咫尺之近又天涯之远。那种阴冷的空气让我倍感惊恐。"

苏西转回身站住，路灯把迪伦的影子拉得长长的，苏西感觉自己的身体被冻僵了一样渐渐冷下去，她抱住肩。"我爱你，但我无法做到为了你的音乐和你的移情别恋而牺牲我自身。"

那幢再熟悉不过的小楼就在眼前了。苏西停住脚，仔细地打量着这幢曾经以为可以地老天荒的小楼，然后绕过迪伦，向姐姐的公寓走去，再也没有回头。

4. "我只想回家"

1965 年春，迪伦推出了新专辑《席卷而归》。这时的迪伦已经完全成为一个不谈政治只述说天气和爱情的摇滚巨星了，专辑的封面上，他亲笔题词："我已放弃对尽善尽美的追求。"从此在演唱会上，每当结束的掌声和欢呼声响起来，他只淡淡地说一声"谢谢"，从不返场，也不谢幕。他变得沉默寡言，甚至在 2010 年 2 月他接到美国总统奥巴马的邀请参加美国人权演唱会期间也不参加排练，只是在他上场前五分钟才现身，唱完转身就走了。总统的助手们提醒他："总统说过演唱会结束后要和您合影。"迪伦只是微微一笑，并没有停下来。

他拍过自传电影，名字叫《迷途之家》，开场白里，他说："有一个地方，我曾经想那是我开始和终了的地方，我的归宿，我一直想去，但是我现在找不到了。"影片的结尾，还是他的旁白："以后，我哪都不想去了，我只想回家。"

2011 年，苏西去世了，67 岁，不算长寿，也不像她唯一一次爱情那样短命。

迪伦还活着，他已经 70 多岁了，有过两次短暂的婚史。现在是一个老单身汉，抱着他的吉他世界各地地唱歌，每年会抽出一些时间，去格林威治村住上几天。

人物小传

▶ 鲍勃·迪伦：

　　1941—　，原名罗伯特·艾伦·齐默曼，美国原创音乐人、民谣歌手、音乐家和诗人，2016 年诺贝尔文学奖获得者，被认为是 20

世纪 60 年代美国乃至整个西方反叛文化的代言人。其创作理念影响了披头士、约翰·列侬等人，被《时代》杂志列入"20 世纪最具影响力的 100 人"的名单。

第九章

享受爱情的正确方式：
阿尔玛·玛利亚·辛德勒与古斯塔夫·马勒

维也纳分离画派曾经名噪一时，他们的艺术宗旨是由简洁引发的生动。而在这个画派最初形成之际，有着优良贵族血统的雅各布·爱弥尔·辛德勒无疑是最具号召力的领袖之一。当他发觉当时的美术界实在不适合女性之后，便开始着手努力将自己的女儿打造成一个音乐家。

他成功了。女儿阿尔玛·玛利亚·辛德勒在父亲和他的那群名动一时的艺术家的鼎力栽培下9岁时已经能独立作曲了。从欧洲风格的音乐剧到各大音乐厅的现场，阿尔玛秉承着维也纳人天生的浪漫基因，在这个音乐之都掀起了一股阿尔玛旋风。20岁时她已经著作等身了，在她名下，有着一百多部传唱世界的音乐作品。但是如果因此您就认为阿尔玛是借助了父亲的人脉资源而名不副实那您就大错特错了，事实上父亲在阿尔玛13岁时就已经因病离世，倒是母亲以自己歌剧演员的身份因为女儿创作的曲目而名声大起，成为著名的歌唱家。

随后母亲便改嫁了。继父曾是父亲的学生，但艺术水准与父亲相比差之千里，这让阿尔玛一直反对母亲再婚，对继父也丝毫表现不出任何热情。考虑到妻子对女儿的钟爱，继父将阿尔玛介绍给了著名的音乐家亚历山大·冯·杰林斯基，阿尔玛跟随他学习钢琴，而正是这位著名的音乐家将阿尔玛带到了事业的最顶峰。

本该是为了事业忘记一切的重要阶段，但是阿尔玛却不合时宜地恋爱了。

1. 拿着毒苹果的母亲

分离派中最伟大的画家克林姆特以35岁的年纪接替了维也纳分离派的掌门之职，并引领了一场艺术革命。他英俊帅气，又具备着英式贵族的高雅和幽默，而这一切都是吸引年轻女孩子的致命武器，对于天才的音乐家阿尔玛来说也不例外。

他们很快便坠入爱河并结伴去意大利旅行。阿尔玛显然被这个无论相貌和才华都与父亲绝对相似的中年男人迷倒了，她相信上帝曾费尽心力描述过的美好爱情便是与这个叫克林姆特的画家结婚并携手终老。

但是事与愿违，阿尔玛的母亲还是想让女儿在音乐的道路上走得再远一些。正逢事业的上升期，她认定女儿不适合恋爱，而且更重要的，这个画家的身边从来都不缺女人。

母亲成了那个拿着毒苹果的老婆婆并且成功地用这枚毒苹果杀死了女儿的爱情。然后她将女儿作为事业的祭品供给了音乐殿堂的掌门人：作曲家、音乐大师古斯塔夫·马勒。马勒娶到了阿尔玛，这无疑是个爆炸性的新闻。

马勒给他们的女儿起名叫玛利亚·安娜·马勒，年过半百的马勒将母亲的名字作为自己女儿的名字，可见他的欣喜是发自内心的。在婚后9年的时间里，因为年龄的差异和生活习惯的不同，夫妻二人争吵不断。阿尔玛的母亲也不得不承认，自己的宝押错了，女儿在事业上显然获得了成功，但是被自己毁掉了最至关重要的爱情。

2. 享受爱情的正确方式

马勒的父母长年婚姻失和，这导致了马勒从小对家庭关系充满了紧张和恐惧，并对妻子有着无限的控制欲。他无数次地对着妻子大喊："你必须无条件地服从我，你必须放弃一切，除了我的爱情，你不应该再要求些别的什么。"他甚至强令阿尔玛放弃她最钟爱的音乐。

那几年的时间里，阿尔玛没有接受任何一个演出的邀请，但是她无论走到哪里都随身带着一只箱子，里面是她全部的旧日作品，她只有这样才能感觉到音乐还在、少女时的梦还在。丈夫限制她外出应酬，甚至禁止她善意地指出自己作品中的不足之处。虽然有了两个孩子，但对于改善夫妻关系却于事无补，大女儿因肺炎很小就夭折了，阿尔玛也重病缠身。马勒虽然找了很多名医但显然任何人都知道，她的病是心病，只有音乐能治好她。

结婚7年之后，阿尔玛终于病倒了。马勒安排她去温泉疗养院疗养。在这里，她遇到了新的爱情。

沃尔特·格罗皮马斯，这位极具绅士风度的建筑师以他迷人的蓝眼睛和风趣诙谐的谈吐让阿尔玛感觉到了久违的温暖和安全。枯萎的婚姻之外，她重新尝到了爱的鲜美；而在多年沉浸于听觉的音乐节奏之外，他让她震撼地发现了随处可见的建筑的美，那样的阳刚、雄峻。

在马勒接二连三地催促下她不得不回去的时候，她发现自己已经与这位填补了自己生命空白的建筑师难舍难分了。他们约定书信联系，可是这时候出了个小意外。

阿尔玛因为身体原因在回途中耽搁了一个星期，而沃尔特的饱含着相思情愫的情书则赶在了她之前寄到了家里。马勒是多么想念妻子啊，虽然他对妻子的无微不至中带着霸道和野蛮。一封信击溃了马勒勉强搭建并维持着的婚姻堡垒。当他拿着信质问阿尔玛的时候，阿尔玛的委屈和痛苦更让他不堪一击的心成为粉末。彻夜长谈之后，马勒终于冷静下来，他恢复了那个大度而自信的音乐家的常态，并声称妻子的去留由她自己决定，要么去追求新的爱情，要么继续跟随自己完成毕生的音乐梦想。

马勒知道了自己对婚姻的强权带给了妻子无以言状的痛苦，为了表达自己的内疚和对妻子的亏欠，他把后世传为经典的《第五交响曲》特地加了副标题——"献给妻子阿尔玛"，这在他毕生的作品中几乎是绝无仅有的。当马勒让这首曲子在自己的手指下如瀑布般倾泻而出时，已经收拾好行装准备离开的阿尔玛终于放弃了爱情。她发现，丈夫是真心爱自己的，只不过爱的方式不对。

一个终生与音乐为伍的女人，最终还是会折服于音乐之下，而丈夫正是音乐的神。她虽然仍与沃尔特保持着不间断的书信关系，但是信中大多只是朋友式的问候和惦记，而且每封信都由丈夫念给她听，以此来打消丈夫的猜疑。沃尔特也已经从一个建筑师变成了拿起枪为国尽忠的勇士。即便在硝烟弥漫的战壕里，他也会不停地写信给阿尔玛，"只有用战场的炮火才能唤醒我男人的本性，也才能让我随时珍惜生命，活着回去见到你，享受爱情的正确方式就是在痛苦里甜蜜等待。"

而在围城之内，生活工作上阿尔玛如一位母亲般无微不至地照顾丈夫，但是马勒真的老了。

9年的婚姻不算短，51岁对于一个用脑过度的音乐家来说也不算短寿，但对阿尔玛而言则是万分痛苦的9年，她必须挣扎在道德之上，并以音乐般的虔诚拒绝心底里最渴望的爱和温暖。她在每一封给沃尔特的信里都小心翼翼地措词以免流露出心底里的渴望，只有沃尔特知道，这个女人一生最缺少的正是爱情的滋润，像一枚待开的花，熬啊熬啊，熬得干瘪，毫无光泽。

战争在马勒去世数年后结束，爱情似乎熬到了春暖花开，建筑师也带着军功章和两处弹孔的残破身体重新回到了阿尔玛面前，手里是那些同样接受了战火洗礼却一封也没有遗失的阿尔玛寄来的信。

这个当年风流倜傥的建筑师坐在台阶上一封一封地将那些信念给阿尔玛听，连续十几天风雨无阻，当他把那些信全部念了一遍，似乎将这些年尘封的爱情梳理了一遍，然后他敲开了阿尔玛的门，"我能活的日子可能不多了，子弹穿过了我的胃和脾脏，更重要的是，年龄太大了。剩下的日子里，我还有没有机会把爱给你？"

这个男人执着而固执地念那些信的日子里阿尔玛就坐在钢琴前反复地弹奏着丈夫的《第五交响曲》，今天也不例外。告一段落后，阿尔玛起身面向这个苍老的男人，那男人的蓝眼睛曾经是多么让她痴迷。

"我是不是该想一想再回复你呢？"

（本文部分内容引自《她们——二十世纪西方先锋女性传奇》，四川文艺出版社，2011年1月版）

人物小传：

▶ 阿尔玛·玛利亚·辛德勒：

1879—1964，作曲家与画家，她的形象频繁地出现在当时众多艺术家笔下。

▶ 古斯塔夫·马勒：

1860—1911，奥地利指挥家、作曲家。当代最伟大的指挥之一，是现代音乐会演出模式的缔造者。代表作有交响乐《巨人》《复活》《大地之歌》等。

第十章

诗把人带进美好世界：
安娜·安德列耶夫娜·阿赫玛托娃
与尼古拉·斯捷潘诺维奇·古米寥夫

1. "我将驯服地献身给他"

虽然 1910 年就与古米寥夫结婚了，但几乎是从新婚之夜开始，安娜和她的丈夫就不约而同地有了离婚的念头并心平气和又心照不宣地等着那一天的到来，耐心得就像一枝顶风冒雪盼春天的蜡梅。

你们一定都理解错了，他们的婚姻之所以这样，根本不是老套路的"奉母成婚"或是旧式的门当户对的牺牲品，相反他们是自由恋爱的并和所有自由恋爱的年轻人一样爱得死去活来。仅在求爱的 6 年里，古米寥夫就自杀过 4 次，只不过每次都幸好没有死成，最终这种幸运成就了俄罗斯的大幸运，这个堪称伟大的国家诞生了两位同样堪称伟大的世界级诗人。

但两个诗人的结合似乎永远会出错。生活毕竟不是诗，虽然夫妻彼此都那么坚信他们会像诗一样活着。

那时候的古米寥夫习惯像诗人一样精心设计他与女神的每一次邂逅，他在不太合身的学生服里面套上白衬衣，并把衬衣掖在裤带里，然后在女神放学的必经之路上徘徊着等待女神的出现。搭讪的话也是设计了好久的，他大段地背诵给她写的诗，那些文采飞扬的句子里，她是美人鱼，是魔法师，是凡间静花，是月宫仙女。而他的女神才刚刚过了 13 岁生日啊，什么是爱情她怎么会懂，而且这个鲁莽小子不仅过于精瘦，甚至可以说是营养不良的。那些从他嘴里冒出来的情话总是把她吓到，特别是那些情话是出自一个口吃的男孩口中，这更让她感觉滑稽。

那是 1905 年，古米寥夫刚刚自费出版了他的首部诗集，并因此信心满满，自恃不已。那年的复活节，他把诗集送给了女神并用最火辣的措辞做了一场长达 5 分钟的爱情表白，而他的女神显然是被吓到了，避而不见消失了几个月。这让春风得意的诗人大受打击，并实施了一次自杀。当然他失败了，他习惯了写诗的手握不紧刀子。

对于一个不满 14 岁的小女孩来说这的确够得上惊世骇俗的。在避而不见的时间里，安娜经常会以怀春少女的懵懂心思索这场所谓的爱情，并给她的姐夫斯坦因写信，信里称："我不知道这是不是传说中的爱，但是照片中的他完全是我认识和爱慕而极其畏惧的样子，文雅而有些许冷漠，我不能把我的心从他身上挪开，或者说是他太过执着，反正我感觉是我毒化了我的生活。"古米寥夫则不停地写诗，得不到的爱情让他的诗一扫沙皇诗派以往的干涩格调，转而变得缠绵细软，充满了萌动的活力和青春的激情。这让他名声大振，他接二连三地出版诗集，明眼人看得出，每一本都是献给他的女神的。但她的女神显然并不领情，"你是一个出类拔萃的人，我尊敬你，但我不爱你"。

在第四次自杀宣告失败之后，安娜终于同意和这个执迷不悟的男孩子好好谈一谈了。当时她已经搬到了基辅，古米寥夫专程跑过来，住在廉价的小旅馆，然后他们见面了，经过了多年的苦苦追求之后，他们的话题居然也不是爱情，不是相思之苦，而是诗歌和玄神世界的神话。

也许是潜移默化地受到了古米寥夫的影响，安娜也一直在写诗，并且写得有模有样，在基辅也已经小有名气，这让两个追求美好诗意的男女对爱情和随之而来的结合充满了希望。那一次彻夜长谈之后，她突然宣称："我要嫁给他，他爱上我已经好几年了，我相信，我的命运是成为他的妻子。我爱不爱他不知道，我依稀感觉会爱他。然而古米寥夫，我的命运，我将驯服地献身给他。"

2."保重，还有我们的孩子"

他们一道去了巴黎，那浪漫的都市作为两个诗人的蜜月之旅目的地似乎再合适不过了。婚后的第一个圣诞节，女神收到了一瓶柯蒂香水，两磅巧克力，一把梳子和一本她最迷恋的法国诗人科比埃尔的诗集。安娜惊喜极了，在屋内转着圈跳着舞。

但是她也遗憾地承认："那一天我记得清楚不是因为幸福，事实上类似的惊喜太少了，我们俩作未婚夫妻的时间太长了，我在塞瓦斯托波尔，他在巴黎，等到1910年结婚时，他的激情已经消耗殆尽了。"

古米寥夫丢下妻子跑去了非洲。诗人需要随时迸发出灵感而不是天天面对一张熟悉到波澜不惊的面孔，这反倒让安娜有时间和精力完善自己的诗。1912年她的第一本诗集《黄昏》出版，虽然第一版只印了300册，但是在两天之内卖空了之后就再版不断。也是在那一年10月，唯一的儿子列夫·古米廖夫在彼得堡出生了。

诗集的疯卖应该得益于儿子的出生，让她以一个女人的身份完整了自己的精神结构，清新委婉的象征性笔法让整个诗坛的风味都焕然一新。古米寥夫说，虽然不喜欢自己的妻子却对她的诗顶礼膜拜，"一系列迄今仍存在的沉默的声音——迷恋、调皮、梦想和狂热的女性，终于用自己真正的同时有艺术说服力的语言开腔了"。但是同时，他也承认他不喜欢妻子诗风里太多的"虚构的爱情"，更不喜欢充当名气超过自己的女王的丈夫这个角色。

而同时，作为一个6岁时父母就离婚了的单亲女人，她抱着儿子一个人离开彼得堡时就一直在问一个问题：是不是只有孤独才是诗人永久需要的一种精神刺激，而这个问题困扰她很久了，就像她在诗集里写的那样：

灯下一片晕黄
我听到簌簌响

为何你要离开

我一片迷惘

　　她得到的答案让自己既心疼又心惊，她发现自己之所以结婚，只是因为丈夫"自杀了太多次"，而似乎终止这种恐惧的唯一办法就是让他断了自杀的念头：他是为爱自杀的，那么就给他爱，而自己其实是不爱他的，一直都是，自己只是给了他婚姻。丈夫既不是自己的榜样，也不是良师益友，更不是自己写诗的激情所在甚至不是彼此才华的欣赏者。这让她很是惊讶，却也很开心，因为诗是自由的东西，而婚姻恰恰捆绑了这种自由。

　　1917 年，她终于给了自己和丈夫自由。

　　自由从来都是一种双向选择，他们选择牺牲爱来换取自由，而自由也给了两个人无比的创作激情，古米廖夫新作不断，成为俄罗斯诗坛的领军人物，被誉为继普希金后俄罗斯最有才华的诗人之一。而安娜更是不甘落后，无人置疑她"俄罗斯新派诗的月亮女神"的桂冠戴得名不副实。虽然已经各奔东西了，但那种从 13 岁就茂盛生长着的对诗的崇拜让彼此依然无法分开。他们互相鼓励，问寒问暖。直到1921 年 8 月，安娜突然得知古米廖夫在彼得堡被警察秘密逮捕并处决。

　　安娜只是收到了前夫临终前的一封短信，信上依旧是她熟悉的笔迹，信上说："保重，还有我们的孩子。"再没有任何消息了。

3. 爱是过眼云烟，只有诗才是安魂曲

列夫显然还弄不懂政治、文学、诗和生活，他才9岁，但是9岁的他和他的母亲仍然避免不了随之而来的迫害。

1924年，安娜所有的作品都不允许发表。随后儿子列夫也受到牵连接连三次被捕入狱，为此他在监狱中度过了20多年。安娜不得不放下笔，每天挤在探监的队伍里。

那些衣衫褴褛的犯人家属和俄罗斯第一女诗人站在一个队列里，只是没有人能认出她来，接二连三的打击让女诗人身上完全没有了诗意。直到有一天，一个排在她前面的老妇人似乎认出了她，悄悄地伏在她耳边问："您能描写这儿的情形吗？"安娜说："能。而且似乎我也有义务和必要记住它。"

那个老妇人一直不知道她随口一说的话催生了俄罗斯文学史上最重要的著作，一首由14首小诗组成的抒情长诗被她命名为《安魂曲》。"这组诗歌不仅是一部关于自己的命运、自己儿子命运的作品，而且也是一部关于整个民族背负十字架的苦难的作品。在这组诗中，安娜·阿赫玛托娃不仅是列夫·古米廖夫的母亲，而且是整个俄罗斯母亲的代表。"

在那个特殊的年代，诗歌似乎已经不是诗歌了，而是罪证。安娜写完一段就找最可靠的朋友把那些文字背下来，然后把手稿销毁。整个《安魂曲》安放了俄罗斯一个时代的灵魂，而它本身却是由脑细胞作为记忆形式的，它自己的灵魂永远无法安放。

而诗人的文字和生命里，永远不能没有爱情。安娜曾把一枚黑戒指送给安列坡作为定情信物。她给他写诗：

我知道，你对于我就是一种奖赏

奖赏我多年的劳累和忧伤

奖赏我宽恕人世间一切苦难

而你，将成为我唯一的天使

安列坡是个坚定的浪漫主义诗人，却不是个浪漫的人，他的浪漫只存在于他的诗里，现实里的他干瘪，老朽，木讷，甚至有些神经质。安列坡一直要安娜陪他去英国，安娜则坚决反对。安列坡临行时最后一次劝安娜离开这个伤心之地。

安娜回复："这是我的国家。我宁肯在自己的国家像里乞丐一样活着，也不愿意流浪在异国他乡。不管这里发生了什么，还会再发生什么，我都将生在这里，死在这里。"

安列坡走了之后再无音讯，陪伴诗人的还是只有诗，虽然诗人的生命里曾经出现过几个让她动心的人，学者希列依科、作曲家卢里耶都曾经拜倒在她的石榴裙下。只不过前者依然把她当作秘书而不是伴侣，后者虽然把她的诗谱成了曲子，甚至排成了舞台剧在巴黎公演，但是他的目的还是要让她离开是非之地，跟自己去巴黎，这同样遭到了安娜的拒绝。她在诗里写："抛弃国土，任人蹂躏，我不能和那样的人在一起。"她也真的做到了。

在她历时20余年写成的自传体长诗《没有英雄人物的叙事诗》中还提到过那个和她生活了15年的尼古拉·普宁，但也只是把那15年的时间一笔带过。的确，无论时间长短，失败的爱情永远结不出鲜艳的花来。

一边每周定时去监狱里探望儿子，一边对国家充满了信心，诗人在长达 30 年的时间里不允许写作和发表。直到 1956 年 5 月，儿子列夫被释放回家之后，一切似乎才变得好起来，她坚信的"好生活"终于来了。

但是，她已经是快 70 岁的老人了，所有的激情、热血，都熬尽了。1964 年，安娜在意大利接受了埃特内·塔奥尔米诺国际诗歌奖，第二年牛津大学授予她名誉博士学位，纪念这位"把人带进美好世界"的"诗歌语言的光辉大师"。

但是一切都来得太迟了，1966 年 3 月，这位饱经风霜的女诗人因心肌梗死病逝，结束了她 77 年的坎坷历程。俄罗斯文学艺术家协会的工作人员问诗人还有什么要求，她喃喃地落着泪说："如果找到了古米廖夫的坟，记得告诉我。"

值得一提的是，儿子列夫没有辜负父母的期望，成为一个新派哲学家。每年他的生日时圣彼得堡大学都要举行有关他的学术讨论会，相比于 35 岁就离开人世的父亲，他要幸运得多。

这位历尽磨难仍声名显赫的现实主义哲学家不仅自己著作颇丰，还一生致力于整理父母的诗稿。在每一本双亲的诗集上，他都叮嘱出版社别忘了在扉页上写上一句母亲的诗：

　　无论这日子多苦
　　诗把人带进美好世界

人物小传

▶ 安娜·安德列耶夫娜·阿赫玛托娃

1889—1966，苏联著名女诗人，英国牛津大学名誉博士，20 世纪俄罗斯诗坛屈指可数的女诗人之一。1964 年，她荣获意大利的埃特内·塔奥尔米诺国际诗歌奖，有"俄罗斯诗歌的月亮"之称，后世评论界称其为"诗歌语言的光辉大师"。

由于她的诗歌"无思想性"和某些消沉的因素，曾受到打压和迫害。

▶ 尼古拉·斯捷潘诺维奇·古米廖夫

1886—1921，杰出的俄罗斯诗人，现代主义流派阿克梅派（高峰派）宗师。出身贵族。他才华卓越，充满幻想，酷爱冒险和猎奇，曾留学法国，漫游英国、意大利等，并三次深入非洲探险。著有成名作《珍珠》，以及《浪漫之花》《异国的天空》《箭囊》《火柱》等八部诗集和一系列诗评。

他的诗语言精美，形象逼真，韵律和谐，比喻新奇磅礴。有关写诗，他的名言是："不应该在'可能'的时候写作，而应该在'必须'的时候写作。'可能'这个词应该在诗歌研究里一笔勾销。"

他被认为是继普希金后俄罗斯最有才华的诗人。

第十一章

"哦，米拉波桥……"：
英格博格·巴赫曼与保罗·策兰

1970 年 5 月 2 日，巴黎的很多报纸都在头版头条发布了这样一条消息："一个连退休工人都熟知的著名诗人去了天堂。"据称在前一天，一个钓鱼的老者在塞纳河下游 7 英里处发现了不莱梅文学奖得主、德国文学史上里程碑式的现实主义诗人保罗·策兰的尸体。他的遗嘱落款日期是 4 月 20 日，遗嘱中他多次提到了米拉波桥。

"哦，米拉波桥……"远在法兰克福的女诗人英格博格·巴赫曼拿着报纸的手瑟瑟发抖，像不停歇的风正吹过她的指尖。她太了解策兰了，甚至她的整个一生都贯穿在这个名字中。早在 8 年前，策兰的《带着来自塔露萨的书》一诗中就写到过，"来自那座桥／来自界石／从它／他跳起并越过／生命，创伤之展翅／——从这／米拉波桥……"

她第一眼读到就用她对策兰的了解敏感地感知到死亡的味道，很多策兰的读者认为他的诗"来自一个死亡的王国"，耶鲁大学文史教授迈克尔·德瑞达则干脆说他的诗"根本就是血滴，与痛苦和死亡密不可分"。事实上，从她与策兰若干年前相遇的那一刹那，她已经读懂了这是一个与死亡走得太近的男人。

她叹了口气，回身从案头的手稿中翻出已经完成初稿的小说《马利纳》，在结束语中添加了下面的话："我的生命结束了，因为他在被押送的途中溺死于河里，他曾是我的生命。我爱他胜过爱我自己的生命。"

1."这是为你写的诗"

1948 年，维也纳，巴赫曼加入了其莱蒙咖啡文学圈。那时候她并非想做一个名动天下的文学家或是诗人，她只不过是为了在这个圈子里多接触时下著名的文学人士，以便完成她的名为《批判地吸收海德格尔存在主义哲学》的博士论文。海德格尔是当时的文学大师、如日中天的存在主义哲学家，因为这篇论文，海德格尔以长辈的身份接见了巴赫曼，并引见她加入了其莱蒙咖啡文学圈。这个圈子里都是些流亡诗人、不得志的小说家和摄影师、他们壮志难伸又无所事事，经常在一起喝酒聚会，从文学流派到政治时局都敢说敢议，很有些指点江山唯我独尊的感觉。

巴赫曼喜欢那种高傲和放荡，甚至她骨子里也是天生喜欢流浪和漂泊的。当然，在她的印象里，这种喜欢只是停留在自由和无拘无束的感觉上的，置身其中，满是四处飞扬的快乐因子。直到有一天，同伴介绍她认识了一个刚刚加入圈子里来的一个"来自罗马尼亚的流亡诗人"，微秃的头顶，瘦瘦的、白白的、看似弱不禁风的中年男子，他的脸上写满了疲惫和落寞。

同伴说，他叫保罗·策兰。这让她大吃一惊。要知道保罗·策兰可是大名鼎鼎。

而让她感到诡异的是，当与策兰的手握在一起的那一瞬间，一种冰冷的疼痛感突然降临。"您的《死亡赋格》是废墟文学的代表作，见到您真是太高兴了。"

对方只是微微一笑，"有什么高兴的呢？一座废墟，一点疼"。

"可是每个人都疼，您又何必写在脸上呢？"

"因为我不想让更多的人把疼写在心里。我在替他们呐喊。"

握住的手松开了，为了缓解尴尬，她建议去喝一杯，但是那种带着疼的冷漠却似乎已经传到了她的心里，她发现自己莫名其妙地想写诗了。

那杯酒很快就喝完了，但两个人的话题似乎还没说完。策兰告诉她，自己到这里来是因为海德格尔想请他给自己的生日写几首诗，"他说另一个想邀请写诗的人就是你，因为你的玲珑剔透是他所有学生里最让他痴迷的。这是海德格尔先生的原话"。

"那您准备写怎样的诗呢？"

"我不打算给他写，我今天的出席只不过是因为我口袋里的钱不多了，可以省下一顿晚饭而已。"策兰的眼中闪过一丝晶莹的亮光，那亮光像流星，一闪而逝。

巴赫曼知道策兰的父母相继惨死在纳粹的集中营里，策兰自己也是死里逃生。"那么好吧。我也不给他写。"她的回答轻飘飘的。这让策兰很是吃惊。

"要知道，也许你只需要随便写写，在海德格尔的帮助下，你很快就会成为这世界上最著名的诗人。"

"我只是想完成我的论文，诗人？成为一个诗人很重要吗？"巴赫曼轻描淡写地说。

在 5 月 17 日给父母的家信中，巴赫曼写道："那位超现实主义诗人保罗·策兰，给我枯燥乏味的写论文的日子无疑增添了些刺激。遗憾的是，他在一个月之后就必须去巴黎。我的房间现在成了罂粟花地，因为他喜欢把这种鲜花送给我。"

罂粟是神秘的死亡之花，有着诡异的身姿和香气，但策兰喜欢那种娇艳的美和死亡。"重要的是，它有麻醉的功能，会让我不至于随时都感觉很疼。"策兰几乎每晚都和巴赫曼"找个理由喝一杯"，而巴赫曼也开始试着写诗，几乎每天都写信给策兰，虽然他们天天见面，但是见面的第一件事，策兰不得不先花上十分钟把巴赫曼给他的信看完。

一个月后，巴赫曼 22 岁生日，她申请退出实际上是由海德格尔为首的其莱蒙咖啡文学圈，然后跑到多瑙河边去赏月。策兰带了瓶葡萄酒，还有一首诗。这个穷苦的流亡诗人拿不出什么像样的生日礼物，于是他献上了他的吻。"我们互看，／我们交换黑暗的词，／我们互爱如罂粟与记忆，／我们睡去像酒在螺壳里，／像海，在月亮血的光线中……"

他在她耳畔轻轻地吟诗："这是为你写的诗，名字叫《花冠》。"

这是巴赫曼最喜欢的诗，她在自己的文字里常常提到。"《花冠》是你最美的诗，是对一个瞬间的完美再现，那里的一切都将成为大理石，直到永远。我爱你，而我那时却从来没有把它说出。我又闻到了那罂粟花，深深地，如此的深，你是如此奇妙地将它变化出来，我永远都不会忘记……"

是的，有关爱情，每一个女人都不会轻易忘记。30 年后，她依然在日记上记录着那一晚策兰把母亲留给他的唯一一件纪念品———一枚戒指戴在她手上。

可是策兰必须要走了，他要到巴黎去，而巴赫曼还有毕业论文没有完成，她必须要待到 1950 年初才有可能离开维也纳。"我异常渴望去巴黎，你要在那里等我，带我去塞纳河畔，我们将长久地注视，直到我俩变成一对小鱼，并重新认识对方。"

2. "这将是一种最错误的方式"

在完成论文的空闲里，巴赫曼每天不间断地给策兰写信，无话不谈，甚至实在没什么可说的就分析他的诗，包括他的名字。"我了解到您最早以 Ancel 为笔名，不久之后又把音节颠倒了次序，以 Celan（策兰）作为笔名。幸好我懂一点拉丁文，Celan 在拉丁文里的意思是'隐藏或保密'。我想你的诗，你悲剧式的内心和痛楚，都和这个名字不可分割。"而策兰则在回信里毫不掩饰他的低落和对爱情的不抱希望。"你知道吗？巴黎对我来说并非艺术之都，这里的人也歧视犹太人，我逼到一个如此恐怖的沉默中……更重要的是，我不知道你对我们在维也纳的那短短的几个星期持什么看法……那里有相遇和爱情，但我们似乎都很含蓄，我有时对自己说，我的沉默也许比你的沉默更容易理解，因为，我所承受的黑暗更久远。"

当年自己一家在纳粹集中营中的生离死别成了策兰永远打不开的结，作为纳粹大屠杀的幸存者，一个无家可归的流亡诗人，策兰不得不承认自己"承受的黑暗更久远"，而且无法淡忘和解脱。

巴赫曼一直试图帮助策兰摆脱那样的黑暗。"我要造一条船，把你从绝望中带回来。为此，你自己也必须要做点什么，使我的负担不至于太沉重。时间和别的许多东西都在和我们作对，但是，它们不能将我们要拯救的东西毁灭。"在毕业前夕，巴赫曼还是把毕业论文放在一边去了巴黎，但是她不得不承认，策兰的精神已经被死亡紧紧包围了，无疑那样的消沉也传给了她，她发现自己无法和策兰沟通，甚至连对话都显得那么无力。

"我想，两个诗人结合一定是痛苦的。事实上我对任何美好的东西都缺乏信心。这枚戒指戴在你手上也许是一个错误。"

巴黎的夜很美，美到像一道新生的伤疤。巴赫曼缓缓地从手指上摘下戒指，"它意义非凡。我知道，你所有对父母的感情都在它身上，不过正因如此，这也是人的痛苦根源。

看不到它，也许你会忘掉集中营的事情。我更希望替你分担那些过往，就像这枚戒指一样。我可以以面对死者的良知佩戴这戒指"。

"可是你代表不了整个犹太民族。爱情真的是一场罪，我们彼此都受到它的审判。这不公平。"身边的河水不急不缓显得很安静，甚至连流水声都充满了缠绵，远处，教堂的钟声又敲响了。

回到维也纳，巴赫曼也如愿拿到了毕业证书。但一切似乎都不重要了。她加入了盟军的对外广播电台，每天24小时戴着耳机，但工作也无法让她忘记那个在她耳边吟诗的男人。她依旧以三天一封的频率给策兰写信，"有时，我只是通过它们来生活和呼吸"。

1951年11月，策兰在给巴赫曼的信中说，他要结婚了，妻子吉赛尔是一位版画家。"我不敢想象夫妻两个天天比案齐眉地吟诗的日子该怎么过，但是看到她的画，我难得地发现了自己可以平静下来。"第二年5月，巴赫曼得知自己将和策兰一同参加西德四七社文学年会，于是写信给策兰，请他一定要带上《死亡赋格》，并在年会上朗诵。而在两年前，巴赫曼已经拿到了四七社文学奖，《延期支付的时间》系列组诗更是向战后的德国展开了一场用文字对德意志和犹太历史的声讨。而在那时候，巴赫曼的几乎所有诗作，都有清晰的民族指向性，她只是想借助文字替策兰减负。但是她不得不承认收效甚微。

在年会上，巴赫曼终于看到了策兰和他的妻子吉赛尔。吉赛尔不算美，但她可以神奇地让策兰忘掉一些疼，甚至

"他已经学会微笑了，整个人看上去也轻松了许多"。

那是不是爱情的力量？巴赫曼找不到答案，因为她也曾一直努力用自己的爱情去融化他但是失败了。她以朋友的身份请策兰夫妻在一间口味不错的牛排店消磨了一个下午，然后站起来说了一声"再见"。

1957年10月11日，乌佩塔尔市举办的文学联盟年会上，已经被公认为德国最重要的现代诗人之一的策兰有些醉意，与会者的研讨很热烈，这让他突然有了写诗的冲动，然后他立即拿出纸笔。

有人在寂静中低语，有人沉默，
有人走着自己的路。
流放与消失
都曾经在家。
你在教堂聆听圣经

写到这里，他觉得自己应该到了高潮的时候了，但一条灰色长裙突然出现在他的眼角余光里。他心底一震，抬起头，果然，真是巴赫曼。

巴赫曼端着一杯酒，像他们在其莱蒙咖啡文学圈里初相识的时候一样扑闪着一对水色浪漫的眸子，"让我来给你写最后一句吧……"一边说，她一边把手中的酒杯递给策兰。

依旧是那样清秀的文字，像她的人一样不动声色。

"你不曾被听到的河流和钟声……"

策兰读得懂那些河流和钟声，心底的疼和那晚巴赫曼摘下戒指时自己的心情完全一样。

当天下午他们就找了辆车一起来到了科隆。巴赫曼相信，总有些缘分还没有到说再见的时候。王宫街邻近大教堂和莱茵河，在这里，听得到河流的声音和教堂的钟声。4年了，没有谁能承认自己失去了对对方的引力，而现在，他们宁愿顺从那种引力。策兰又可以在她耳边吟诗了，"你和我的／有力地伸向彼此的胳膊／那失去的／光柱／把我们吹打到一起／我们忍受着这明亮、疼痛和名字／爱情的复发带来了诗……"

爱情的复发带来了诗，也带来了新的疼，"你该怎样面对你的妻子？那个叫吉赛尔的版画家？"

"我直接告诉她结果——她将收到一份离婚协议书，还有一大笔补偿款。"

巴赫曼冷笑，"补偿款？"她似乎看到了吉赛尔在未来的几年里变成了这几年里的自己，痛苦，压抑，寒冷。"我曾经一直想替你分忧，而你在解压之后才感觉到我。这实在是一个玩笑。"

"即使她肯原谅，我却是更加负债了。当我必须想到她和那个名叫厄里克的孩子（策兰与吉赛尔之子，1955 年生，当时不足三周岁）时——而我永远不可能避免这个问题——我就不可能和你拥抱。我不知道接下去会如何。"

科隆火车站，一个人在车里，一个人在站台上。火车开了，汽笛声沉闷而悠长，站台上被带起了一道强劲的风。策兰站在风里，拿出巴赫曼的诗集随便翻开，他发现坐在窗前的一位女士正捧着最新一期的《音调》杂志，"她翻呀翻呀，我的目光可以跟随着她翻页，我知道，你的诗歌和你的名字即将出现。于是，它们出现了，翻阅的手停留在那里……"

维也纳的巴赫曼开始不给策兰写信了。而这时候策兰却疯狂地联系她，有几次甚至就徘徊在她的楼下，大声地吟着诗。在策兰的心里，当初青涩的巴赫曼现在已经成熟得让他无法抵抗，她已占据了他的全部存在。而一窗之隔的巴赫曼也会循着吟诗声靠在窗边无声地落泪。

爱情出现的时候，很少有人会珍惜，或者说，还没有准备好，而当你准备好了的时候，出场顺序和情节却总出乎意料，于是结局总是错误，虽然那错误看上去那么美。

一想到巴黎、吉赛尔、那个名叫厄里克的孩子，巴赫曼就无法平静也无法原谅自己。她深深地自责，一个曾经以无私的心想拯救一个伟大的诗人的女人，怎么会以第三者的身份横刀夺爱呢？这有悖于她的人生准则。1958 年 11 月，她给策兰写了最后一封信，信中声称自己已经结识了瑞士著名作家马克斯·弗里希，并"不希望因此受到打扰"。策兰最后的回信仅仅是一段话，"如果生命不迁就我们，还等待它并为此而存在，对我们而言，这将是一种最错误的方式"。

3. 我们互爱如罂粟与记忆

失去了爱情的策兰似乎收获满满，1958 年年初，策兰获得不莱梅文学奖；1960 年，他又拿下了德国最高文学奖毕希纳奖。这让他可以淡视父母的死和爱情的缺憾，精神状态也似乎正在恢复中。但是风波再起，也许是他的顺利得奖触到了太多人的利益，几乎一夜之间所有的矛头又都指向了他。当年他受法国超现实主义诗人伊万·戈尔之请替戈尔将他的诗翻译成德文，当时连戈尔本人也对策兰的翻译水准给予了很高的评价，但戈尔的遗孀克莱尔·戈尔却突然站出来声称策兰得奖的作品中明显抄袭了丈夫的作品。多家刊物同时收到了这位正春风得意的德国诗人"抄袭"的资料并不约而同地登在头条上；1960年春天，《慕尼黑诗刊》杂志又以《关于保罗·策兰的不为人知的东西》为题大肆攻击，随即策兰发现自己已经成了众矢之的。

一直避着策兰的巴赫曼又一次挺身而出，"关于新一轮戈尔事件：我恳请你，让这件事在你心中灭亡，这样，我认为它在外面也会死亡。对于我来说常常如此：那些迫害我们的东西只有在我们让它们迫害我们的时候才发生作用"。巴赫曼几乎动用了自己所有的人际关系网替策兰洗刷耻辱，甚至不惜用自己的名声替策兰担保，"在澄清抄袭事件之前，我，巴赫曼将不再写诗，也不发表任何作品"。弗里希看到了她的声明勃然大怒，"你还有两个月就要参加阿神特诗赛了，而你是最有力的冠军争夺者，你居然在这种时候不再写诗"。

"我仅剩的良知告诉我，无论是朋友还是恋人，我都不能无动于衷。写诗和拯救诗人，哪个更重要一些？"巴赫曼冷笑，并在第二天就搬回了她在维也纳的家。

但是一切都似乎已成绝响。"爱情，我不知道是什么，因为我从未如此地接近它然后失去它。名望是什么也许我知道了，对我而言，名望，只是伤害，和爱情一样。"策兰托朋友将最后一封信交到巴赫曼手里，而巴赫曼读到这封信的时候，策兰的尸体已经被人从塞纳河里捞了上来。

她"常常感到沮丧，在各种重负之下濒临崩溃，身上带着一个如此孤绝、充满自我解体和疾病的人"，她发现自己居然不得不依靠拼命地抽烟才能投入文字之中去，而且每天晚上她必须服大量的安眠药才能入睡，即便入睡也常常惊起。家人说，每当她"呼"的一声从床上坐起来，嘴里都念着同一首诗，那首诗里总有这么几句：

> 我们互看
> 我们交换黑暗的词
> 我们互爱如罂粟与记忆
> 我们睡去像酒在螺壳里
> 像海，在月亮血的光线中……

这样的日子有三年之久，这三年的时间里，她没有完成什么像样的文学作品，相反却在精神病院里住了两次共计一年的时间。1973 年 5 月，巴赫曼到波兰巡回朗诵，特意拜谒了奥斯维辛集中营犹太人受难处。

她的秘书回忆说，在那里，女诗人默默地站立了足足 4 个钟头。后来她才知道，当年策兰的父母都是死在这里的。而正是父母的死，让策兰的一生都心怀死亡情结。

4 个月后，9 月 25 日晚，巴赫曼在罗马的寓所突然失火，年仅 47 岁的女诗人不幸遇难。房间里大部分的物品都被烧毁，于是女诗人连份遗嘱都没有留下，但是警方说，火灾现场有一个奇怪之处：一张信纸被放在浴室的水箱旁边，也许那里是唯一潮湿得不可能被火波及又不会被水模糊了字迹的地方吧，信纸上反复写着同一行字，"哦，米拉波桥……"官方公布的火灾原因是女诗人的烟蒂引燃了床上的被子。

或许火灾真正的起因，只有诗人自己知道。

人物小传

▶ 英格博格·巴赫曼：

1926—1973，奥地利抒情诗人，1953年因处女诗集《延迟支付的时间》而一举成名，其先锋的创作姿态和风格使其一生处于德语文学界的风口浪尖。

▶ 1963年4月因精神分裂在柏林马丁·路德医院接受治疗，此间创作了多部与死亡相关的作品，其中《死亡形式》《沙漠日记》等作品已经暗示出其有自杀倾向。就在这一年的10月17日，巴赫曼获德语文学界最重要的奖项之一——毕希纳奖。

保罗·策兰：

1920—1970，犹太人，以诗为终极人生，以《死亡赋格》一诗震动"二战"后德语诗坛，并达到令"整个世界为之汗颜"的艺术高度，成为继里尔克之后最有影响的德语诗人之一。

第十二章

咬牙坚持才是最大的成全：
贝安加与谭展超

　　1932 年，在意大利，都灵陆军军官学校的毕业舞会在麦迪奇爵士的豪华花园里热热闹闹地举行。他家的公子今年毕业，虽然整个世界都在打仗，但有着优良传统的意大利贵族还是不想剥夺自家子女每一个感受荣誉的机会。

　　虽然只有 15 岁，但是贝安加也还是参加了表哥的毕业舞会，凑个热闹的机会她不想放过。

　　在那些金发碧眼的贵族子弟里，她一眼就看到了一个棱角分明、目光刚毅的东方面孔。那面孔太有个性了，刀削一样的坚韧和军装裹不住的阳刚之气似乎从每一个毛孔里向外喷薄着，与那些她平时里看惯了的柔弱富贵的贵族子弟完全不同的东方神韵一瞬间折服了她。

"我可以请你跳支舞吗？"

那握着酒杯的年轻军官闻声回头，怔了大概两秒钟，然后风度优雅地点了点头。

1. 出嫁从夫

作为墨索里尼政府海军部的高级将领，高贵的麦迪奇家族怎么能允许一个东方男人来打扰纯粹的血统？何况意大利的盟国德意志正向着整个世界特别是富饶的东方磨刀霍霍。但贝安加从舞会结束后就每天一封短信催这个军官来求亲。一星期后这个军官手捧花束出现在贝安加家的客厅里，却被知晓内情的贝安加母亲一顿呵斥赶出家门。

"那么好，我也走。"贝安加紧接着就消失了，只留下了一封短信。直到半个月后被人发现她与这个名叫谭展超的中国军官住在军校的宿舍里。"如果怕我和婚姻污辱了麦迪奇家族的血统，我宁愿不要这个爵位，我可以和他回到东方去，一辈子不回来。"

家人被她的坚决吓到了。一年以后，罗马圣彼得大教堂，一个冷清的婚礼只用了十分钟，省略了能省略的一切仪式。

1938 年，谭展超在都灵陆军军官学校毕业后又去加利波第骑兵学院进修，成为第一个拥有骑兵指挥官资格的中国人。在遥远的东方，中国大地上风波正涌。身怀有孕的贝安加也满心渴望地想亲近一下丈夫朝思暮想的东方土地。蒋百里将军在意大利做了旅欧学生动员，号召有志青年回到祖国去为国效力。当丈夫拿着蒋百里先生的介绍信把这个消息告诉贝安加的时候，她立即笑容满面地开始打点行装。他们的第一站就是贵州，孙立人将军的新编第六十六军骑兵队正好缺少一名有专业特长的骑兵教官。

贵州都匀，日军投入了四个师团。在离谭展超的指挥部半公里的简陋的木板房里，这位欧洲贵族产下了他们的第三个孩子，生产后几小时就不得不在一片防空警报声中抱着孩子"跑警报"。已经升任上校的谭展超带着一身硝烟来到母子面前的时候，这个女爵士的脸上居然是开心的笑容，"看，又一个中西合璧的小可爱"。

"就是太苦了你了，以你的身份，本应该500米的大花园里握着红酒杯听音乐晒太阳的。"

贝安加就低头笑："你们中国有句话叫出嫁从夫，这样的生活，我觉得更有意义。"

为了母子的安全，谭展超还是将她们母子几人送到贵州城里，只在战事稍闲的空当里回去探望一下。

但是不久以后，女爵士还是感觉到了一些异样。

因为本来是无论战事多忙，谭上校总是每天一个电话打给夫人的，但突然就一连数日音信皆无。贝安加多方打听，终于得知丈夫在一场浴血厮杀之中身负枪伤，正在战地医院里急救。贝安加立即安排好孩子，匆匆赶来。

谭展超正裹着绷带坐在医院大院里晒太阳，目光远远地望向院子里来来往往的伤员和医护人员。贝安加想给丈夫一个惊喜，于是偷偷地凑过去，但是随着丈夫的目光望过去，她发现丈夫一连十几分钟，目光始终停留在一个白衣飘飘、身材纤细的女护士身上。

以一个女人特有的敏感，她发觉了丈夫的陌生。

2. 那护士叫何懿娴

德意日三国已经结盟成轴心国，利益均沾，而国军方面，一个刚刚提升为少将的军官居然娶了一位意大利女贵族为妻，这在当时环境下似乎也说不过去。孙立人亲自找谭展超谈话，希望他能妥善处理好这件事。谭展超态度坚决，"一个16岁就跟着我的放弃了贵族身份回国参战的夫人，我相信"。

"可是总统府最近正在清理这些事情。要知道，你是全国也屈指可数的懂得骑兵指挥的留学生，你精通四国语言，有着先进的西方指挥经验，是不可多得的人才，而且又刚刚提升了将军，前途无量啊。"

"再大的前途，比得上一个懂我爱我的夫人吗？"

孙将军勃然大怒，"再懂你的夫人，比得上国家兴亡吗？如果因为这件事你被撤查，我的军队谁来带？和你只隔着一道战壕的日本兵谁来打？这责任你负得了吗？"

谭展超被老长官的一声怒吼震得木然无语。

那护士叫何懿娴，是孙立人将军特地介绍给谭展超全程陪护的私人医生。

贝安加的最后一个要求是要一辆军用卡车把她们母子送到桂林，她的目的地是上海。桂林有直达上海的飞机，而上海有意大利使馆。

那是一个陌生的城市，连丈夫都变得陌生了，她又何惧一个城市的陌生？一东一西两个男女，因为一个名叫爱情的东西相遇，又因为各不相同的文化和历史背景分开，再相聚，还会有交集存在吗？

上海已经沦陷，但是日本占领军与意大利是盟友。三个月后，她的第四个孩子出生了，最大的只有五岁，加上一个从贵州带来的照顾孩子的女佣，所有的开销都从她带来的不多的积蓄里支出。当初那样毅然决然地离开意大利，现在她又怎么会低头向父母开口？何况即便开口，万里之遥，战事不断，远水也解不了近渴。

一个弱女子，空背着一个爵士头衔，拖家带口在陌生的城市里挣扎。三岁的儿子在法租界被一条流浪狗咬成重伤，最终不治。日本领事馆的参议也来向她打探关于贵州国军的布防情况，一个小女孩就在她家门口被日本宪兵枪杀。这一切都让她不寒而栗。

上海这座远东大都市永远是冒险家的乐园。她以自己的贵族身份，与国军高级将领的交往经历，自然地结交了众多的社会名流，她开始涉足黄金投机，利用广州和上海的黄金差价来讨生活。甚至她还以一个自己认为合适的价格向日本人出售了一些重要的关于国军的军事情报。

报上每天都有关于国军的战事简报，她只拣关于贵州的消息，一页页裁下来按日期保存好。直到……"孙匪一骑兵部队被大日本皇军全歼，俘获团以上军官九人，一谭姓少将被击毙。"

从此，她的抽屉里再也存不下关于丈夫的任何消息。

3. 世界上最性感间谍的国际畅销回忆录

意大利使馆里，她认识了不少本国的贵族，大家都劝她离开上海，回到暂时还太平的意大利去。她执意不肯，也许冥冥之中她还坚持着等待一些什么。日本战事不利，已经升任新一军军长的孙立人中将从印度杀到缅北，又胜利回国，但是有关那个战死的谭姓少将的消息再也没有后续的故事。

最终日本还是投降了。贝安加出卖贵州军事情报的旧事和倒卖黄金的事情被翻了出来，间谍和走私，两条罪名足够她死罪。远在意大利的父亲向蒋介石总统发来电报恳请释放这个独自在中国的女伯爵。而就在这个时候，那个报上说已经阵亡了的谭展超突然来到了上海探监。

隔着拇指粗的铁栅栏，一对奔波离苦的恋人重又相见。谭展超把自己移情别恋的个中缘由向妻子述说，直到这时，女伯爵才真正知道她当初并没有看错这个面容刚毅的中国军官，而一个身负国家使命的军人在个人利益和国家利益之间的取舍虽然辛苦了她一个，却实实在在地成全了一个男人的家国使命。她也知道了自己一个女人为何能那么轻易地在战争的空隙里得到黄金买卖的通行证，那全是自己的丈夫亲手安排的。

在即将临刑的前夜，一纸赦令终于让她重新获得了自由。但是丈夫已经与何懿娴结婚生子，一切负重之苦，依旧没有带来令人满意的结局。

相守已成无望，剩下的就只有离开。中国已成伤心地，意大利也没有任何的留恋。

战后的巴黎，克丽斯汀·迪奥创办的服装品牌正在战后的青年人中盛行。那是 1946 年，一个国破心碎的年代，人们能弥补自身的唯一方式除了牛排就是服装了，牛排可以让人有力量，服装则让人看上去有精神。

克丽斯汀·迪奥的服装厂里，这个出身名门的女伯爵成了特别助理，一干就是几十年。

孙立人已经是陆军副总司令了，台湾新兵的训练由孙立人全权负责。他的得力干将谭展超以少将军衔任台湾骑兵总队长。台湾高雄到法国巴黎，直线距离整整 1 万公里，彼此相离又彼此相望，若要成行，则要有至少 13 个国家的签证。

1954 年，孙立人将军被解职，谭展超将军也受到株连，由少将降为中校，挂着陆军特殊地形作战训练班总教官的空职，自己的部队却早被肢解得一人不剩。每到周末，谭展超会驱车去台中公园，那里是台湾退役军人俱乐部的所在地。隔着铁丝网，看瘦骨嶙峋的孙立人将军打球。而孙将军则用眼光示意不要靠近，因为不远处就有便衣和特工在监视着自己。在经过多人周转传到孙将军手上的纸条上，谭展超写着，"每次这样隔着铁丝网看望您，总会让我想起当年隔着监狱的牢门探望我的夫人的场景"。

1960 年，重又升任上校的谭展超奉命赴美考察寒带装甲车作战技术，在华盛顿退伍军人医院被诊断出患了喉癌，在接受了当时最先进的钴 60 试验治疗之后，以一口棺材作为容身之物被送回台湾。

1958 年，一本名叫《鸦片茶》的书问世，里面讲述了一个意大利女伯爵与一个中国军官数十年的苦恋，作者是贝安加·谭。

世人这才知道原来那个创造出"独一无二的贴身服装"的世界知名服装品牌创始人克里斯汀·迪奥的特别助理竟然做过间谍、黄金走私，还被判处过死刑。原来如此性感貌美的女人背后，有着如此惊心动魄的传奇。"世界上最性感间谍的国际畅销回忆录"的广告语虽然有着吊人胃口的嫌疑，却是一个女人一辈子的疼。那也是一个出身显贵的女伯爵不能模仿又无法超越的动人故事，人的勇敢和必须要面对的取舍，永远是两回事。而有时候，咬牙放手，才是最大的成全。

"事实上男人和女人在个人追求上，没有人能够干净利落地二择一，而是要在现实的局限中，尽最大的努力去追求自己所需的目标。他有他的家国使命，我有我身为人母的慈悲，一切向现实的低头都不是妥协，更不是屈服于宿命。"

因为没有中译本，这一段翻译得并不恰当的《鸦片茶》节选，显然也无法真正描述当事人彼时彼刻的心情。

女伯爵从结婚那天起就将名字改为贝安加·谭，加上了丈夫的姓氏，一辈子没有变更过。她去世时已经是一名高龄老人，是在一个梦里安详离去的，面带微笑，好像这一世的孽缘，都与自己无关。

（本文部分内容引自谭雄飞、谭爱梅合著《被遗忘的时代》，新星出版社，2016年3月版）

人物小传

貝安加:

1918—1993,出生于罗马世袭贵族家庭,其父是意大利海军高级将领。16岁嫁谭展超将军并来到中国,按照意大利姓氏,她的意文名字叫贝安加·谭。与谭将军婚姻多厄,最后劳燕分飞。回到意大利后,成为国际知名服装品牌创始人的助理。

谭展超:

1910—1960,广东新会人,1939年都灵陆军大学毕业,孙立人的得意部下,抗日名将。

后去台湾,因受孙立人案牵连,郁郁不得志,身患癌症卒于美国。

第十三章

爱会感动上帝：
席琳·迪翁与雷尼·安杰利

　　一个女人，多荣耀可以算作成功？拿到1000个世界级大奖算不算？如果说"世界级大奖"里面良莠不齐，那么，作为一个音乐人，拿到格莱美奖总可以算作辉煌了吧？要知道，格莱美是音乐界的奥斯卡，身为音乐人，一生能拿到一个已经可以名垂青史了。

　　席琳·迪翁不仅拿到过超过1000个世界级大奖，还拿到过5个格莱美奖。唱片销量全球累计1.8亿张，是迄今为止史上最畅销女歌手。成名曲《美女与野兽》早在1991年就赢得了奥斯卡和格莱美两个大奖；6年后《泰坦尼克号》主题曲《我心永恒》更是让她蜚声海内外，成为世界级的音乐人。

有关音乐，人们记得她的也许太多了，想必她自己也早已听腻了那些溢美之辞，我们还是说说她的家庭和生活吧，包括，她那荡气回肠的爱情。

1. 爱上了经纪人

"天赋"一词证明了一些东西是与生俱来的，和生命本身无法剥离，也和后天的努力是两回事。席琳是14个孩子中最小的一个，却是嗓子最甜的一个，5岁时已经登台演出了。她的歌声"甜得像一杯有节奏的牛奶"，每天她除了在小剧场唱歌外就回到家里趴在桌前听唱片，音乐陪了她7年。12岁时，哥哥迈克尔在一张唱片的封底上找到一家唱片公司的地址，背着席琳把她的一首歌按着地址寄了出去。几个星期后，迈克尔兴冲冲地拿着一封信来拍她的肩膀，"蒙特利尔，加拿大最美丽的城市，雷尼·安杰利先生请你过去"。

那是她第一次走出乡村去那么大的城市，一切都让她不知所措，但是城市的壮观还不如一个男人的笑更让她痴迷。雷尼·安杰利戴着大领带，穿着大西服，甚至连身材也是高高大大的。雷尼俯下身来亲切地笑着，"我听到了你哥哥寄来的你的歌，可是那录音的质量实在是太差了，你能不能在这里唱首歌给我听？"

小姑娘惊呆了，"您是不是见过很多大明星？"

对方的眼睛里闪着成熟男人特有的光，犀利又不失温柔，甚至是带着一种长辈的慈爱，是的，是慈爱。"哦，我是见过许多大明星，但是我很少见到歌唱得这么好听的小姑娘。"他递给她一支钢笔，告诉她这可以代替麦克风。

她紧张得几乎忘了词，有几处甚至不在调上，但是当她唱完，她发现这个成熟的男人哭了。

"职业的原因，我听过太多瓷器一样的美妙声音，但是能让我感动到哭的，你是第一个。来，在这份文件上签上你的名字，5年之内我会让一个小姑娘成为法语地区最抢头版新闻的明星歌手。"

席琳的手颤抖得几乎无法落笔，最终还是这个"在我的职业中占据重要位置并最终占据我整个心灵的男人"握着她娇小的手帮助她完成了一个签名。

他大她26岁，这年龄甚至可以做她的父亲，但后来他做了她的丈夫。

雷尼实现了他的承诺，那是1981年1月。没有人相信一个12岁的小姑娘会成为一个金牌歌手，也自然没有任何公司肯出钱栽培，他抵押了自己的房产为席琳出版第一张唱片，通过自己的职业便利给她创造一切参加比赛和灌制唱片的机会，首张唱片 *Unison* 仅在美国市场就获得50万张的金唱片销售纪录。他把席琳送到语言学校去学习英文以及交谈技巧，让她进军英文演唱界。一个丑小鸭终于成了世界闻名的白天鹅。

德国的演唱会结束了，那是世界公认的艺术圣地，德国音乐界声称"一种天籁之声今晚响彻德意志"。当晚的酒会上，席琳对陪她出席的妈妈悄声说："这个男人结过两次婚，还有3个孩子，可是我真的是很爱他。"

2. 我们生个孩子吧

1994 年 12 月 17 日，席琳的婚礼刚刚结束，关于雷尼和她本人的负面新闻就铺天盖地来了。全世界都知道雷尼通过职业便利让一个"根本不会唱歌的女人获得了成功"，而她本人的舞台风格也被认定过于夸张和哗众取宠，她的歌曲是"陈腐到家的音乐，听她的音乐就好像去看牙医一样让人感到恐惧"。

雷尼说，他们只是嫉妒；而席琳则说，我结了婚，我更看重家庭。至于我的演唱，去看看我的唱片受欢迎的程度吧，任何解释都显得多余。

是啊，只用数字就可以说明问题了。首张专辑突破金唱片纪录之后，第二张唱片获得了奥斯卡奖及格莱美奖，第三张英文专辑 *The Colour of My Love* 则惊人地突破了 300 万张。与业界的疯狂打击有天壤之别的是观众的疯狂追捧，观众们才不会像专业人士那样从发声、运气、音乐格调上去评判歌手呢，他们只中意于"好听"就行了。1997 年《泰坦尼克号》主题曲《我心永恒》更是让她赢得了奥斯卡最佳原创歌曲奖。

"这就够了。没什么能打扰到一个女人的爱情。"记者采访她，问她如何看待业界的打压，她还是一如既往地笑，"音乐是我表达自己感情的一种自然、美好的方式。把唱歌作为我终生的事业，并不是试图成名，或者想要获得更多的钱，而是因为我喜欢唱歌，任何时候都是如此。我的音乐与我的家庭有关，我的家庭带给我的感动也需要我的音乐去抒发。"

是的，家庭。雷尼像父亲一样爱护着自己，只是，雷尼的病来了。1999 年 3 月 30 日，雷尼在一次例行检查中查出得了晚期喉癌，那一天也正是席琳第三次世界巡演的首场演出。为了不让观众失望，席琳带着悲痛坚持到演出结束，然后立即搭乘夜航班机回到了雷尼身边。在赔付了巨额的违约金后她中止了接下来的演出并声明歇演三年。"家庭是人生最重要的基础，我最幸运的就是拥有一个牢固的人生基础。一直都是雷尼在照顾我，现在到了我回报他的时候。"

从舞台上回到家庭之后，席琳突然发现这是一个让她更感觉温暖和兴奋的所在。身为女人，她天生渴望做一个妻子和母亲，在事业之外还有另外一种让她更加快乐的生活，那就是家庭。"我待在家里，不化妆，仅仅洗衣服煮饭，我喜欢孩子，我和雷尼每天都在祈祷有一个孩子，它给你真正的有意义的生活，这是最重要的工作。"她说，"谁在乎像我这样的人作为一个歌手，他们可以找到其他歌手。但是没有其他的母亲可以比我身为母亲更细致地为我的孩子们感到快乐。"

她寸步不离地守在丈夫身边，并在雷尼身体允许的情况下在千禧年重新举办了一次婚礼。还是在蒙特利尔，一个拜占庭仪式的古朴的婚礼，在被誉为"小巴黎圣母院"的蒙特利尔圣母大教堂举行。

她重新被戴上了戒指，丈夫又一次在掌声中亲吻了新娘，丈夫说："我们希望我们的婚姻永远持续下去。讨论一切，你会发现你还在度蜜月。"妻子则回以一个最热烈的拥抱，"我们生一个孩子吧"。

3. 爱真的会让上帝感动

雷尼的身体状况显然已经无法让他再成为父亲，幸好可以借助雷尼储存在精子银行的冷冻精子。经过 5 个月的从心理到身体的精心准备，席琳终以人工授精的方式成功受孕。

她 33 岁成了母亲，而雷尼已是 59 岁了。更让人惊奇的是他们的第一个孩子刚刚健康地长到 1 岁，雷尼的癌细胞突然大幅度消失，双喜临门，席琳感叹，"原来爱真的会让上帝感动"。

为了让丈夫和孩子有更好的生活条件，席琳重返舞台，签下了一份长达 5 年的演出合同。而在演出之余，她把全部时间留给了丈夫和孩子，儿子"疯狂地痴迷于各种体育运动，还有汽车……他喜欢音乐……他也很喜欢玩电脑"。当人们问到她是否希望孩子也从事音乐，席琳说："无论他最终选择了什么职业，我只希望他能够做一个好人。"

42 岁时，席琳依旧以人工受孕方式再次怀孕并为 68 岁的丈夫生下了一对双胞胎儿子。3 年之后，她精心准备了亚洲巡演，并在 2013 年的央视春晚上演唱一曲《茉莉花》，只是这次巡演再次因为丈夫的病而被迫中止。

雷尼自知时间不多，每天都尽量让自己表现得健康一点。"我不怕死，我只怕离开你。如果不得不离开，我想在你的怀里死去。"席琳抱着丈夫瘦骨嶙峋的身体，把头深深地埋在他的肩膀里，"放心，我会一直在这儿，你会在我的怀里离开。"

雷尼已经不能完整地完成吞咽动作了，咽喉癌很多都是因为无法下咽而被饿死的，这种死法很残忍。席琳每天都细心地用导管给丈夫喂送流质的食物，剩下的时间她还要喂养两个未满周岁的孩子，"我一天需要喂他三次，这些都是我自己在做。我要喂养我的丈夫，还要喂养我的孩子。当年是雷尼把我送上了音乐的巅峰，现在我想该是我们互换角色的时候了。癌症给了我们另一种看待自己的方式，原来我们不仅深爱着彼此，更需要彼此"。

蒙特利尔市的圣母大教堂是他们举行两次结婚仪式的神圣之地，最终她也在这里送走了那个陪了自己21年的男人。47岁的席琳黑衣黑纱，在告别丈夫的仪式上，手上婚戒犹在。她为雷尼精心挑选了紫色的马蹄莲放入棺木中，再送上深深一吻。

"我不想在他的葬礼上说太多风雨共担的话，我能说的，想说的，只是最简单的一句：当初是爱感动了彼此，现在同样是爱，感动着上帝。你来，你走，我都在。这世界上最美好的事情，就是如此简单的陪伴。"

身边的孩子们在哭，席琳伏下身安抚他们。"别哭，看，上帝给了我们这么多。"

（本文内容引自《她们——二十世纪西方先锋女性传奇》，四川文艺出版社，2011年1月版）

人物小传

席琳·迪翁：

1968— ，加拿大歌手。1982年在世界歌唱大赛中以第一名的成绩走红。2008年接受法国总统萨科齐亲自颁发的骑士勋章。曾于2013年受央视春晚邀请与宋祖英合唱中国民曲《茉莉花》。

第十四章

山 35—川 25:
笠井彦乃与竹久梦二

东京，1914 年，港屋开业了。秋天，红叶遍地，有风过，便满天都是零乱失散的心。

港屋是一间画室，出售的多是些精美的书签、画册，也有些诗集。这些东西装帧精致，多署名竹久梦二。

他还没什么名气，虽然他给日本发行量最大的杂志和书刊画了为数众多的插画，也写了醉过无数少女心的诗，但显然在名人如过江之鲫的大正时代，一个没有背景的小小画师不会引起多大的关注。

性格内向的竹久梦二显然并不擅长与主流艺术社团打交道，而那些自命清高的艺术家们也对这个只会寥寥数笔淡彩浅绘的画家并不发烧，所以竹久梦二的画作只配出现在名家书册的插图位置或是在他自己的港屋里廉价出售。不过梦二乐得清闲地享受这样浅淡的生活。每天开店迎客，换些零用钱，没有客人的时候，他就一个人安静地作诗作画。他不喜欢浓彩重墨，也从不会像那些伟大的艺术家们一样试图用一支画笔就展现出重大的人生题材甚至想改造人类的价值观和人生观。

但像他的生活一样平淡的构图又无疑招致众多少女的青睐，笠井彦乃正是其中之一。

彦乃的家就在港屋北面，离得很近，放学后总是要经过这家门面很小的美术店，从橱窗里偷偷地瞟一眼那个让她惊诧的画家成了她每天的必备功课。"西学东进"在大正时代的日本还是一个新兴的时髦话题，在东京女大专攻日本画的彦乃显然还不得要领。绘画这种渗染着深厚历史人文气息的艺术体裁在西方成熟的画风和艺术品位冲击下在日本本土变得很尴尬，而这种尴尬又不是随便哪个人仅凭热情和聪慧就能独立完成的，很多成名画家试图通过生硬的照搬和简单的模仿一蹴而就。艺术理想让彦乃失去了艺术方向，而梦二独特的风格却让她叹服。

港屋开张一个多月了，彦乃终于鼓足了勇气推开了那扇门。角落里的男人停下笔，微微一笑。

一段故事开始了。

1. 献给分别的眸之人

梦二的故事也有一个类似的开始。在早稻田，那是1906

年，同样对绘画感到迷茫的梦二也是怀着如此忐忑的心情推开了一家美术用品店的门。这家店刚刚开业第五天，店主人是个面庞圆润、身材标致的年轻女子，听说是个寡妇。但这不重要，梦二在那家刚刚开张还四处散发着油漆味的店里到处翻找着雁次郎的手绘明信片，很可惜，他没有如愿，但是他的爱情开始了。

这个名叫岸他万喜的年轻寡妇简单地询问了他的情况，得知他是个农民的儿子，是早稻田大学附属实业学校的工读生，为了学费他每天要送牛奶和报纸，晚上就借宿在附近的农户家，正在为学费和食宿发愁并因为绘画方向的迷茫而失落焦灼。女人很大方地说："店的楼上还有一间空房，你可以搬来住，而且，你也可以画一些明信片放在这里寄卖，这样你的学费也就不用太发愁了。"

是的，连爱情都不用发愁了。一年之后，这家店成了夫妻店。

画家的灵感总是可以在妻子身上找到，婚姻里的梦二似乎醍醐灌顶地发现了东西方美术的切入点和共熔点。他以妻子为模特，独创了一种东洋人物风俗画，画中人物大都是大大的眼睛，满怀哀愁地带着朦胧的柔美。那些画中人身着和服，五官小巧妩媚而身材丰满圆润，或拈花或伺茶，表情沉静，目光游离，似乎处于一种离乱的哀怨中，不可名状地继承了东方女性的"易碎之美"，人们称其为"梦二式美女"。

"盼兮美目又极具营养"，这样令人耳目一新的画风给日本美术充填了无尽的乡愁，《梦二画集·春之卷》出版的时候，那个给了他无尽灵感和美学积累的岸他万喜已经拿着离婚协议离开了。她的美，让太多的艺术青年趋之若鹜，这是竹久梦二无法忍受的。虽然他的艺术是为大众服务的，但是他总是想让自己的女人成为他个人的私有品。

《梦二画集·春之卷》的扉页上，他依然写道：献给分别的眸之人。

2. 请原谅如此无能的我

梦二30岁，彦乃18岁。像夜深人静时的那一道光，也像冰天雪地里的一盆火，岸他万喜的霸道和彦乃的温柔如水都激发出梦二艺术细胞里的所有能量。但是出身高贵的彦乃父母显然并不打算把女儿的一生交给一个年龄足可以做她父亲的一文不值的小艺人，甚至一天24小时派人看着彦乃，不准她与梦二交往。

带着失望和落寞，梦二远去京都，寄居在高台寺旁边的出租房里继续创作。但是他必定每周给彦乃寄去一封信，信里满是相思之苦。彦乃被困在家里，甚至连洗澡都被佣人监视着。幸好这佣人从小就跟着她，反倒成了二人的通信员。梦二的每封信都落款"山"字，而彦乃则落款"川"。当他得知彦乃已从女子美术学校毕业，在著名画家寺崎广叶的家里学习绘画的消息之后，立即要彦乃拜托老师推荐她到京都艺术中心来进修。"请信任我！我已经下定决心，如果这次不行的话，我会死掉的。"彦乃的家人并不知道这是两个人商量好的计策，于是在寺崎广叶的建议下同意彦乃来京都深造。

那是一个足够一生铭记的日子，当天的《彦乃日记》这样记载："一生中最幸福的日子。这样的日子从前未曾有过。我想，把自由而有责任的每一天经营得更好更幸福才是最重要的。"

好日子好像再也过不完了。他们形影不离，他们到北陆加贺路旅行，一路走一路画，在合适的时候就举办一个小型的艺术展览。在神户，彦乃病了，但是长崎已经将展览门票销售一空了，那时候梦二式美人已经成了大日本民族的标志，他的"画中有诗，诗中则有着大和民族两千年文化积韵"的梦二式的美女受到了众星捧月般的喜爱和太多的欢呼。为了不让观众失望，梦二决定留下彦乃在神户休养，自己一个人去长崎。等长崎的展览结束，梦二急匆匆赶回神户，彦乃已经到了无人搀扶就无法独自行走的地步了。

这一次虽然梦二仍是带着其余两个展览的任务，却再也不打算离开彦乃了。他推掉了所有的应酬，全天候地陪护着爱人。

彦乃的父母终于得知了消息，并把女儿接回了京都的医院，梦二再一次与爱人分开。每天，他早早地来到病房门外，面对着彦乃家人拒人千里的冰冷表情，日落时分再垂头离开。一个半月之后，彦乃家人将梦二以非法骚扰的罪名告上法院，梦二被迫离开京都。

临行时，梦二给彦乃留下一封信，"真的很抱歉，请原谅如此无能的我"。

3. 愿死在秋天

举世名画《黑船屋》问世了，这幅被称为梦二的最高杰作的作品完全是梦二思念的结晶，彦乃的妹妹千代曾回忆过，"满是忧愁与柔弱的脸，怎么看都与照片上的姐姐一模一样"。

1920年1月16日，25岁的彦乃终于还是没撑到等到梦二的那一天。最后一封信中她依然不断地重复着呼喊她的"山"。"此时的我反而变得很安静。一个人到了此时也许就没什么好留恋和遗憾的了。请你好好工作，重视自己的事业。虽然我也很想见你……你的川。"

"彦乃死去的时候，我也跟着去了。以后只是一个空躯壳在活动。"得知彦乃去世，梦二似乎被掏空了。梦二的新诗集《寄山集》两个月后出版，里面是每天两首共计120首阴阳相隔的生死恋歌，随后梦二把新建成的山庄叫作"山归来庄"。

山归来庄里，他写诗画画，写一本没有人看的日记，"严寒，你来吧，死神，你来吧"，"真正启程的那一刻，意味着对死亡的跨越"，"其后的岁月，净出入于愚蠢而慌乱的男女痴情，真是连想都不愿去想。这是一种怎样的情景啊：女人的面影一张张重叠在一起，与其说是沉重，不如说是如释重负。"

后来虽然仍有不少女性走入梦二的世界，虽然竹久梦二即便到了晚年，身侧都有面容姣好的女学生在旁服侍，但任何人也无法让他产生出对笠井彦乃的那般深厚怀念。

不在山归来庄的时候，梦二就带着唯一的儿子竹久不二彦继续周游全国，并在任何想停留一下的城市开一场小小的展览会。在每一个画作的签名处，竹久梦二都会写下"竹久梦二,三十五"。

儿子问过父亲好多次这个"三十五"是什么含义，父亲都含笑不语。

1934年春，梦二被诊断出得了严重的肺结核，这种病在当时是绝症，但是他不打算戒烟。在住进医院的那天起，他把日记改为回忆录式的散文笔法，那本书出版的时候，被命名为《病床遗录》，里面记载了他和彦乃分开后直到"今天"的全部记忆。

9月1日早上，梦二合上了他的日记本，像一幅刚刚完成墨犹未干的水彩画，安详而精致，细腻而美丽。即将陷入昏迷的梦二嘴里不停地呢喃着："川，等我，你的山可以彻底睡了，这个世界啊，谢谢。"

因为金属不利于火化，应殡仪馆要求，儿子不二彦把父亲手上戴着的戒指摘下来，却意外地发现戒指的内侧刻着一行小字：山35—川25。不二彦突然醒悟了，山和川这两个字就是父亲和彦乃当初的暗号，而竹久梦二35岁那年，25岁的彦乃死去了。不二彦相信，在父亲的心中，永远有一个数字，是为了一段爱情，像一只忘了上紧发条的钟，停在那一刻。

《病床遗录》的最后一句是：倘若告别的话，愿死在秋天——因为可以收集落叶。

（本文部分内容译自《彦乃日记》日文版）

竹久梦二：

1884—1934，本名竹久茂次郎，明治和大正时期的著名画家、装帧设计家、诗人和歌人。有"大正浪漫的代名词""漂泊的抒情画家"之称。他独创的绘画风格打通了纯艺术与实用美术的隔阂，开启了东洋画坛的梦二时代，时至今日依然对日本美术有着极其重要的影响。

与凡·高等人一样，他对于美术艺术的贡献在其生前并未得到过学术界的公认。

陪伴

的意义

下篇

第十五章

风雨世纪情：

贝聿铭与卢爱玲

　　1938 年夏，即将在麻省理工大学毕业的留学生贝聿铭趁着暑假来纽约度假，顺便以驻美华人联谊会秘书处干事的身份参加一个中美学术交流活动。这一天他去中央火车站接一位在国内就熟识的朋友，当朋友挥着帽子向他走来时，他惊喜地发现朋友身边居然跟随着一位身材高挑的中国姑娘。朋友说，这是同他一道要去韦尔斯利学院学习的留学生卢爱玲。

1．"离你的学校，要再近一英里"

　　韦尔斯利学院是世界著名的高等女校，如果对其不熟悉，那么一定知道宋庆龄、宋美龄姐妹和冰心女士，这几位都是这所名校的高才生。在 20 世纪 30 年代能远赴重洋来美国留学且进入如此知名学府的中国女性，必定要有着极好的家世和修养才行。

而在异国多年，看惯了蓝眼白肤的异国女子之后，突然从天而降的东方女性，又怎能让贝聿铭不眼前一亮？他顽皮地扬了扬手中的车钥匙，"韦尔斯利学院离此不远，要不要我送你过去啊？"

卢爱玲上下打量了一下面前这个东方男人，推说已经买好了下一程车票并淑女地表示了感谢，便转身走开了。

贝聿铭拍着朋友的肩头，望着那个远去的身影说："看我的，只要她还没有意中人，我就要追到她。"

当晚，当他在新闻里得知了那趟火车因恶劣天气在哈特福德车站无限期停靠的消息后立即开车赶去，一节一节车厢寻找，终于找到了被困在车上的卢爱玲。而卢爱玲看着眼前这个风尘仆仆的年轻人时，也很有他乡遇故知的感动。要知道，这鬼天气，连火车都停开了，他却开着一辆汽车从百公里外赶了过来。一段美好的异国恋情开始了。

在对麻省理工学院的古典建筑渐生失望之心后，贝聿铭向卢爱玲倾述了自己的苦闷。他向她表达了自己想转到现代建筑氛围比较浓郁的哈佛建筑学院的想法，得到了她的大力支持。

"那是世界上最前卫最进步的建筑学院，对你的决定我表示很开心。"

贝聿铭坏坏地笑："其实还有一个原因，与我现在的学校比起来，这所学校离你的学校，要再近一英里。"

2."回不去祖国，但我想有个家"

那时候的贝聿铭面临两个难题：一是上海被日军占领，山河破碎而身在异国却无能为力，二是自己的婚礼。

贝聿铭非常想中断学业回国抗日，更想在回国之前完婚，毕竟男人报国在疆场，上了战场是不是有命活着回来都很难说，总想完婚之后才算了却一桩心事。卢爱玲坚决不同意在自己学业未完时成婚，那样不仅牵扯精力更让爱人肩上多了负担。她说："你的专业是建筑，而现在国内几乎所有的大城市都被炸毁了，国家必将需要你的力量进行重建，不必急在一时。而且国内战乱，你的强项不是刺刀见红而是建筑美学，还是留在这里丰富阅历积蓄能量，早晚有一天要用到你，而且这里的学术环境也更适合你。"

在卢爱玲的万般规劝之下，贝聿铭总算咬牙完成了学业，并且私下里请求国内的朋友将上海、南京等大城市的街区地图寄来给他，开始着手准备遥未可知的未来的某一天，这些城市的重建工作。在两年的时间里，他画了大概一百余张草稿，而他仅有的就是一张街区图。卢爱玲在忙于学业之余，每天放学后立即找到贝聿铭，给他做饭洗衣，商量构图，代他手绘定稿。

但是回国之路漫漫，贝聿铭一直没有合适的机会回到祖国。

1941年12月7日，正开车在上班路上的贝聿铭从收音机里得知日本偷袭珍珠港，美国正式向日宣战的消息，激动得马上开车找到了卢爱玲："中国有望了，美国参战了，战争的天平终于开始向中国倾斜了。"

"那么今天就放假一天，我们开瓶香槟庆祝一下吧。"

那一天，卢爱玲特地炒了贝聿铭爱吃的家乡菜，还从为数不多的学费里挤出钱买了一瓶酒。

半年以后，卢爱玲拿到了毕业证书，在毕业晚宴上，贝聿铭特地穿了一身庄重的西装，并拿出早就准备好的一枚钻戒戴在卢爱玲手上："嫁给我吧，回不去祖国，但我想有个家。"

1942 年 6 月 20 日，卢爱玲毕业仅仅 5 天，纽约的水上公馆，著名建筑师劳伦斯·波斯末莱的家里，两个来自中国的建筑学生举行了一个中西合璧式的婚礼，证婚人是中国驻美总领事詹姆斯·余。

蜜月中，卢爱玲接到了哈佛研究生设计院园林建筑项目的深造机会，而贝聿铭则被催促去同样位于哈佛大学的设计院任助理教授。另一个好消息是不久之后，他们的第一个儿子出生了，取名"定中"。"平定中国，多美好的寓意啊，中国，那才是我们的根。"

3. 婴儿躺回了摇篮里

儿子出生后，卢爱玲立即作出一个决定：退学。

孩子需要她，丈夫更需要她。作为第一个华人建筑教授，贝聿铭总有忙不完的事。虽然初为人母，但优秀的家世教养让卢爱玲认清了自己的位置：母亲和妻子。如果这个三口之家中一定要有人牺牲，那么她会勇敢地站出来。她放弃了去哈佛大学研究生设计院深造的机会。

那时候贝聿铭开始在自己的作品里大胆地使用光线，并因此建造了数座有口皆碑的建筑作品，他也被称作"光线建筑的魔术师"。但是也正因为他的成功，很多同行感觉如鲠在喉，关于他的各种打击和负面新闻也开始日渐增长，他不得不承受着从精神到肉体的双重折磨。

每天，卢爱玲抱着孩子整理家务，在丈夫快到家的时候忙好了饭菜，再把拖鞋在门口摆好，然后就坐在窗前盯着丈夫回家的必经之路。而早上丈夫出门前弄得凌乱不堪的办公桌早已经整理得井井有条，那些草草画好的手稿也肯定被她细心地重新描摹过，整齐地码在了桌上。

1943年，纽约建筑学会的年会上，贝聿铭的关于一座神庙的修复稿被批得体无完肤，这其中不乏有幸灾乐祸者故意落井下石和阴险攻击。大概一周的时间里贝聿铭不言不语，甚至连班都不上，整天闷在家里喝酒。本就只会设计不善言辞的贝聿铭根本无法在学术之外与任何人争胜负，他的儒雅和风度让他从不会与人辩解什么争论什么，但又很难平静地化解掉。

卢爱玲抱着孩子去敲导师瓦尔特·格罗皮乌斯教授的家门，据理力争为被年会除名的丈夫讨回他的名誉。师徒二人秘谈了一个下午。教授后来逢人便说，贝聿铭后来所有的成功，都该归功于卢爱玲来找他的那个下午。

贝聿铭也回忆说："那段时间里，如果没有夫人，早就不会有后来拿世界级建筑奖的贝聿铭了。有了她，我的心才是安稳的，像婴儿躺回了摇篮里。"

生活本身是消耗爱情的最大力量，衣食住行的艰辛把风花雪月的爱情磨砺得只剩下亲情了，但在消耗的同时亲情也辅佐着爱情，滋润着爱情，温暖着爱情。让男人毫无后顾之忧地面对一切世俗险恶，正是一个女人母性的伟大。

1963 年，肯尼迪遇刺后不久，其家人决定在波士顿修建一座图书馆用以纪念这位伟大的总统，贝聿铭战胜了著名建筑师密斯罗和易斯康成为设计者。肯尼迪夫人在与贝聿铭握手时说："这是个非常动情的决定，你的目光里有东方人才有的镇定的自信，这是我几十年来唯一在丈夫之外的男人眼里才发现的难能可贵的东西，与其说你的作品征服了我，不如说是你的眼睛征服了我，而且你们是同一年出生的，由此，我相信你的作品应该是最出色的。"

但是磨难由此重来，新一轮打击开始了。贝聿铭的设计稿被批得一无是处。种种非难之下肯尼迪图书馆居然拖到 15 年后才真正完工。那一段时间，从来连裤子都没有一个多余褶子的贝聿铭再一次丢了自己，每天头发蓬松衣衫零乱，身心疲惫沉默寡言。卢爱玲在回忆中说："从他每晚回家开门的样子我就能知道他有多累，楼梯上缓慢而零乱的脚步中透出明显的不安和失落，他拖着腿了无生气地回来。对他来说，那么多人反对他的设计，对他的打击是致命的。"

这一次，又是这个稳健刚强的女人挽救了丈夫的艺术生命。

市民们反动图书馆建在市中心，卢爱玲就带着人四处寻址，并游说国会和议员，为图书馆的新址出谋划策平息众怒，她甚至拿起了丢掉多年的画笔免费为国会设计了新的办公大楼以便结识更多的政界人物并为丈夫争得支持票，那是她结婚后为数不多的设计之一。她给孩子找了个保姆，最长的时候两个月见不到孩子。

最终，在卢爱玲的争取下，图书馆迁址到一处垃圾场，贝聿铭也相应地修改了设计。建成之日，他在发言中不无遗憾地说："我本来是想做出一个独一无二的东西来纪念肯尼迪总统的，它本该是件伟大的作品。但是所幸，它现在，还是出现了。我不想为其落泪，当然也不想为其鼓掌，仅有的掌声，留给我的夫人，没有她，这座图书馆今天就不可能立在这，而倒下去的只能是我。"

这个在贝聿铭自己看来只能打 50 分的作品却把他推到了世界顶尖建筑大师的行列中。贝聿铭的骨子里从此多了些建筑式的棱角和坚硬，在夫人的扶持和鼓励下，此后他只要出门便西装革履，不卑不亢又不失笑容，无论面对艰难的岁月还是同行的冷言冷语。

与夫人同行时，这样的风度就更加饱满和自信。

4. 外籍入境者

1945 年，贝聿铭夫妇搬进了一座自己设计的小别墅里，卢爱玲在院子里种满了友人从国内寄来的花草种子，每天细细打理，还特地搭了座凉棚，并放了一套舒服的办公桌椅。每天贝聿铭在树荫下工作的时候，她就坐在旁边，浇花沏茶。第二年，二儿子建中出生了，似乎所有的好生活都如约而至。

这一生里，夫妻二人一共生育了定中、建中、礼中三个儿子和一个女儿，三个儿子名字的寓意就是安定中国、建设中国、礼仪中国。虽然他们一直没有机会回国，但心中时时想着自己的祖国。

在这座院子里，贝聿铭按照夫人的要求，建造了很多老家建筑风格的假山、亭台和瀑布。国内还是战事不断，回国还是遥遥无期，但是留下来也困难重重，国籍问题、身份问题，甚至由此引出了政治问题，很多美国人拒绝一个东方人承接自己国家的建筑设计。

有家难回的苦闷加上职场歧视再一次狂风暴雨般地袭击了贝聿铭。卢爱玲每天给丈夫做家乡菜，缝制中国式长袍，年三十的夜里就按家乡习俗剪了窗花贴了灶神，一切与丈夫有关的家具、穿着、书籍都仿照家乡旧制。为了让丈夫读到线装本的书，卢爱玲百般托人从国内寄来四书五经等书籍，更费尽千辛万苦弄来上百张京剧唱片。

直到十多年后，报上突然报道，中国正式邀请美国乒乓球队访问北京。卢爱玲扔下报纸冲进书房，兴高采烈地对丈夫大喊："这意味着什么你知道吗？这意味着不久的将来，我们可能会回国了。"1972 年，尼克松访华，随后艺术界、工商界等都试图与中国亲密接触，美国建筑师协会麦克·斯厄巴恩向中国建筑协会发出访问函，没想到很快便收到了回复。首批出访中国的建筑师名单里本来没有贝聿铭的名字，卢爱玲四处游说，拿着丈夫的作品名单和获奖证书独闯美国建筑师协会，为丈夫争取他必得的一次回国机会，为此她甚至踢伤了国会议员的爱犬：它扑上来，成功地咬坏了卢爱玲的裙子，而后者则脱下鞋子敲断了它的腿。

这件事成了当地报纸的头条新闻，也终于让贝聿铭如愿以偿，最后在1974年4月，贝聿铭夫妇成功地随美国建筑访问团出访中国，从香港进入中国内地。在海关，贝聿铭拿着盖了"允许出境"签章的护照时竟然热泪盈眶，数十年朝思暮想的祖国，当他终于又一次踏上这片熟悉的土地的时候，竟然成了"外籍入境者"，这让他百感交集，啼笑皆非。

卢爱玲靠着丈夫，轻轻地拍他的肩："回来就好，有生之年回来就好。不是已经回来了吗？"

5. 我最大的成功，就是娶到了卢爱玲

1973年对于贝聿铭来说是打击最大的一年，波士顿考克大厦立面玻璃脱落事件让贝聿铭一度官司缠身。

考克大厦旁边就是著名的圣三一大教堂，为了不影响教堂的整体布局和采光效果，贝聿铭大量采用玻璃幕墙设计，但是施工期间波士顿恶劣的天气状况使得玻璃幕墙纷纷脱落，导致大厦正式启用时已经延误了四年，费用也整整翻了一番。

施工期间业主已经将贝聿铭告上了法庭，接下来的五年时间里，贝聿铭无心设计，每天往返于家与法院之间，身心疲惫。卢爱玲再一次充当起了丈夫的保护伞，所有需要贝聿铭签收的法律文书她都亲自开封亲自处理，以便让丈夫不为这些琐事分神。她知道丈夫仅仅是属于建筑的，对于人际关系、协调事务的能力几乎就是个孩子，当初她牺牲了自己的事业并不后悔，现在她承担起保护人的责任也理所当然。记者采访她时，她笑着说："贝先生是我的，而建筑是他自己

的。除了建筑图纸，其余的事可以找我，请不要打扰他。"平淡的话语里透着中国传统女性的伟大、坚韧和担当。

这一次，卢爱玲知道丈夫缺少的不是自己在艺术上对他的支持，而只是亲人般的关爱。在她的建议下，丈夫离开了美国市场，转而投向了亚太地区，并在短短的几年时间里用十多座神奇的作品装点了亚太的几乎所有重大建筑。

1979 年，贝聿铭成功地设计建造了北京香山饭店，使得这个游走海外近半个世纪的建筑名家在国内家喻户晓。也就是在当年，1979 年被世界建筑界命名为"贝聿铭年"，他被授予该年度的美国建筑学院金质奖章。世界终于完整意义上承认了这个中国人的存在。

卢浮宫改造是从 1984 年立项竞标开始的，贝聿铭中标之后就饱受折磨。历史古迹最高委员会多次讨论，仍然对其上交的设计手稿百般挑剔，其实这一切都源于这个虽然拿着美国国籍的建筑师血管里流着的却是东方人的血，一向高傲的法国人怎么会把这项堪称伟大而必将载入史册的工程交到一个东方人手上呢？会议激烈到脏话连篇只差拳脚相向了，甚至连一旁的法语翻译都无法完整地把那些脏话翻译出来。

1989 年，卢浮宫改造一期工程竣工，3 月 29 日剪彩开放日，人们为眼前这一足够亮瞎双眼的高妙设计拍手叫绝，以前的所有争议似乎都不复存在了，人们记住了这个与卢浮宫一样可以用伟大来形容的东方人的名字，只佩服真正有实力的浪漫的法国人心悦诚服地宣称，来自东方的美国人贝聿铭用一座建筑征服了整个法国。在剪彩仪式上，贝聿铭说："我平生最大的挑战，也是最大的骄傲，就是卢浮宫新馆的设计。而你们知道吗？在这个改造工程的背后，我的夫人为我付出了多少？我最大的成功，就是娶到了卢爱玲。"

6. 我最小的女儿在苏州

2002 年，已经 90 高龄的贝聿铭再次踏上中国，受邀设计苏州博物馆，他穷尽一生精力，在这座后来被称作苏州地标的建筑中融入了现代元素，又与苏州原本的园林风光巧夺天工地融和在一起，玻璃幕墙的运用更是妙至毫巅。这座堪称伟大的建筑背后是长达数年的卢爱玲的陪伴和无微不至的照顾，她已经荒废了自己的专业多年，无法在专业领域给丈夫太多的建议和支持，但是作为妻子，她从来都是丈夫的保护神和遮阳伞，生活上从不用丈夫浪费一点精力。贝聿铭四易其稿，走访数千里，卢爱玲寸步不离地伴随左右，用默默的支持和关爱催生了丈夫的斗志和灵感。竣工之后，贝聿铭对记者说："我一直知道我是从哪里来的，贝家在苏州已经600 年了，我与苏州感情很深，我相信，我最小的女儿在苏州。要让建筑有生命，在苏州博物馆这里，我真正做到了。而给了我艺术生命并一直支撑着这个生命的，是我的夫人。每一座我设计的建筑，都被我视为女儿，我最小的女儿在苏州，而我最伟大的夫人，几十年来，一直在我身边。"

贝聿铭被称为"最后一个现代主义大师"，而在这个最后的现代主义大师的身后，永远站着一位顶风冒雨不离左右的最有力的支撑者，那就是他的夫人卢爱玲。

（本文部分内容引自《建筑处报》2001 年 11 月 21 日的相关报道）

贝聿铭:

1917—　，美籍中国建筑艺术家，哈佛大学教授。伊弗森美术馆、狄莫伊艺术中心雕塑馆、北京香山饭店等作品均出自其手。1981 年法国建筑学金奖、普利兹克奖得主。

其作品强调装潢与混凝土的完美结合，擅长用光、影等反映作品的精神内核，设计新颖大胆，让人耳目一新。

第十六章

和你在一起：
多莉娜与安德烈·高兹

有一阵子，手边放着《致D》。

作者高兹是个哲学家。哦，我不得不说他的书太政治，像一块咬牙切齿把水拧得一滴不剩的破抹布，光看书名就知道了：《艰难的社会主义》《改良和革命》《向工人阶级告别》，生涩得像一场说教，简直难以下咽。

但我喜欢这本小册子，薄薄的不堪一握，甚至连翻译也不见得好，装帧也很粗陋，朴素简单又粗糙随意。《致D》，他和妻子的58年，都在这些文字里。

他们相遇之前，她和一只名叫泰比的小猫在一起生活，实在无聊，就用父母给她留下的一笔不算少但绝对不够多的遗产周游世界，那一年，她到了瑞士洛桑。然后，爱情的花说开就开了，明媚喜人。

在朋友的舞会上，几个男人同时注意到了她。她一头浓密的棕发，珍珠色的肌肤，英国女人特有的那种高而尖的声音衬着广博的学识和彬彬有礼的仪态，如果你不懂什么叫青春和活力就应该在那一晚出现在那场舞会上。三个男人都试图向她献殷勤，他们窃窃私语着："俏皮——witty，几乎无法翻译成法文——美得如同一个梦。"

高兹一个人犹豫着，旁边的那几个男人，有的英俊潇洒，有的家世显赫，而他只是一个犹太后裔，默默无闻也一文不名。有那么几次，她的目光不经意地扫过来，高兹立即低下头，"我不会有机会的，一定不会"。

他倒了杯酒一饮而尽，尔后又倒了一杯。他必须喝点什么才能镇定，否则心就似乎要跳出胸腔。他挨过去，不敢看她的眼睛，只是用酒杯轻得不能再轻地碰了下她手里的杯子，声音低得连他自己都听不见，"我叫高兹，安德烈·高兹。"

她浅浅一笑，然后目光就游到另一边去了。窗外，阳光很好的样子，大团大团的紫藤花在窗外妩媚着，一声不响又热情似火。她被一个男人邀请跳舞，宽大的圆摆晚礼服包裹着玲珑娇小的身材，哦，她是只天鹅，而我，只是个犹太小子。

高兹懊恼地跺着脚。"我不会有机会的，一定不会。"

1. "为什么不"

在洛桑，高兹加入了一个由游手好闲又精力过剩的年轻人组成的所谓的文艺社团后，每年他都会来这里两个月，以文艺的名义离开父母的视线以便为所欲为一回。每天早上他离开租住的小屋，到有阳光的广场上去演讲，有些理论上的支持者会给他留下些零钱，而这些钱多数都换成了酒馆里的啤酒。

之后的一个月，他只是每天按时出门，在广场的拐角里坐下来，挂着头，想那个宽大的圆摆晚礼服包裹着的玲珑娇小的身体，想那晚银铃般清澈爽朗的笑声。然后有一天，她突然出现了，"有人说，你已经一个月没演讲了。我在想，你是不是病了。"

他一下子跳起来，几乎跌倒。

"还记得那个舞会吗？舞会的组织者在之前就已经介绍过你了，说你是个只会夸夸其谈你的伟大理想和抱负的毫无意趣的犹太小子。"她很高声地笑，拖着长长的银质的尾音，清脆得让人痴迷。"不过我记得你那晚连和我对视一眼都不敢，你只是拼命地喝酒。"

高兹就讪讪地搓着手，有些手足无措。"你跳舞很好看。哦，对了，街拐角就有一家环境不错的舞厅，我可以请你跳一支舞吗？如果你肯答应，我要记住今天，1947 年 10 月 23 日。"

她止了笑，很认真地看了看这个木讷的犹太年轻人。

"为什么不？"

2."那你就写吧"

6 个星期之后，他必须要回家了。沉默无语的站台，列车吐着粗气，那是个寒冷的冬天。她说："你还会回来吗？"

他没有回答。

家人发现他不再喜欢和维也纳的朋友们在一起了，除了写那些革命文字和被警察通缉之外，他就钻到废弃的古堡里一待就是一整天，天黑了才回来。

他对家人说，这样下去他会死掉，他必须回洛桑去。

"那里有什么呢？甚至比父母和家更重要？"

"哦，那里我也有一个屋子，一些书，朋友，和一个我无法忘怀的女人。"

幸好房东还没有把房子租出去，而他发现那房子并没有锁。推开门，她小小的身子就蜷在角落里的沙发上，像一只安静而孤独的猫。

"壁炉已经坏了，又找不到工人修，取暖的唯一办法就是待在沙发上。"她说。

"现在好了，还有一种取暖的办法是拥抱。对了，壁炉的修理工也回来了。"

似乎大部分革命者和哲学家都是穷光蛋，流离、动荡终生与这些人纠缠着。当然，他革命的心是不可动摇的。他说："我很穷，但是我想娶你，不过我想先让你知道，嫁给一个作家是不轻松的，随时可能要扑到桌子前去抓笔，也许是半夜，也许你正做着梦，写作可能随时占据着他的心，而且，他不会有钱，不会给你鲜花。"

她笑，把身子努力向他怀里钻，"那你就写吧"。

3. 和你在一起

每天她去那幢有着宽大的落地窗的办公楼里上班，他会在日落时分在楼前等她燕子一般飞出来，然后他们共进晚餐，偶尔会去跳舞看电影。《魔鬼附身》是雷蒙·拉迪盖的作品，还算好看。电影里有个镜头，女主角要求餐厅服务员换一瓶已经开了封的葡萄酒，因为"觉得酒有股子瓶塞的橡木腥味"。那晚他们在舞厅里突发奇想照猫画虎了一回，只不过聪明的舞厅主管揭穿了他们的恶作剧，失败之后，两个演员大笑着冲出门去。

"你的冷静和自信是最让我痴迷的，"他捧着她的脸，"我们天生就是一对好搭档。可是我凭什么吸引你呢？"

"哦，你的木讷，足够了。"她对视着他，目光里有一种坚定。"和你在一起，踏实，不必有那么多提防。"

1949年他们结婚了，可是蜜月还没过完高兹就因为一些政治言论被驱逐，他只能待在家里对着一摞空白的稿纸发呆。她也失了业，壁炉又一次坏了，修好了也没有用，因为没有钱买木柴。她去给画家做模特，去旅游团做导游，上午两个人一道去街上卖报纸，下午回来，她做饭，他写字。"我们一直生活在贫困中，但我们没有生活在丑陋中。这是所有的美好事情里最让我快乐的一件事。"

他继续着他的演讲和写作，偶尔会被警察逮进局子关上几天，她就天天给他送饭，和看守们混得很熟，熟到他出了拘留所警察们会送他们出来，挥手告别，"有空再来要"。

又过了些年，他的政治理论也被更多的人熟知，人们开始关注这个有着坚定信念和乐观主义精神的犹太人。新书《叛徒》终于出版了，日子开始好过起来，在这本书的扉页上，他写道："给你，D，你把你给了我，你把我给了我……"

可是，她病了，虹膜脱落。这种病在当时是绝症，无药可医却又死不了，只会剧烈地疼痛。她拒绝成为一只"吞药机器"，他就陪着她整夜整夜地不睡，陪着她一起疼。他丢开把满脑子哲学理想变成文字的念头，每天陪着她去阳光下的广场上散步，只有强烈的日照才能让她多少有一点光感，但是她已经看不见了。他会拉着她的手，不时地提醒她小心台阶，这里是我们去跳过舞的舞厅，这里是我第一次被警察带走的演讲的广场。广场的对面，你还记得吗？我们在那里的滑梯上摔过好多跤，我甚至跌碎了我的眼镜……

"没有财富，只有生命。但这已经足够好了。"他写了好多书，这时候已经不是很缺钱了，但没有什么药能让她的病有一丝的好转。

她开始绝望，甚至有几次拒绝他递到手边的饭，他陪她落泪，他落在书页里那些妙趣横生的文字在她面前永远是苍白的。他从不在她面前过多地施展他语言上的魔力，只是默默不语，把她瘦小的身体紧紧地搂在怀里，生怕她飞走一样。

有一次穿过一条人行横道，她听到一声近在咫尺的汽车喇叭声之后突然用力甩掉了他搀扶的手，一个人硬生生停住脚。而当一声急刹车之后，她发现他还在身边。在她停下脚步的时候，他也没有多走一步。他一边向司机不住地道歉，一边低下头来，把她凌乱的头发整理好。"你死了，我也不活。这辈子，陪着你。"

接下来的日子里，他开始写他颠沛流离的人生里最后一本书，《致D》，里面是他们58年的爱情。

"很快你就82岁了。身高缩短了6厘米，体重只有45公斤。但是你一如既往的美丽、幽雅，令我心动。我们已经在一起度过了58个年头，而我对你的爱愈发浓烈。我的胸口又有了这恼人的空茫，只有你灼热的身体依偎在我怀里时，它才能被填满。只有一件事情对我来说是主要的，那就是，和你在一起。"

2007年9月的一天，邻居来敲门，发现了两具搂在一起的尸体。

他最后的文字是，"我不愿意参加你的葬礼，我不愿意从别人手中接过你的骨灰。我们都不愿意其中一个在另一个死后仍然孤独地活着，那么，我们一起走。"

从很久很久以前开始，从"蒹葭苍苍，白露为霜"开始，在很多擅长煽情的文字里把爱情搞得很文艺。去看《致D》，就是琐碎寻常的零散日子，甚至连稍稍华丽和浪漫的字句也找不到，朴实得像一棵小乔木，健康，结实，阳光又满足。静了心读下去，又恍惚有了一个个片断的情节，似乎他正在临水的断桥上，水雾漫漫，他隔着桥喊她，"我的多莉娜……"

安德烈·高兹，他的妻子叫多莉娜。

（本文相关内容引自《致D》，南京大学出版社，2010年4月版）

安德烈·高兹:

1923—2007,法国左翼思想家、哲学家、革命家。哲学大师萨特的学生,《新观察家》周刊创始人。

其极具想象力、理想化的生态社会主义理论被西方哲学界称为"乌托邦社会主义",其理论在 20 世纪 90 年代的西半球哲学体系中占主导地位,有着相当大的社会影响力。

2007 年 9 月,高兹与夫人多莉娜一道在巴黎郊区家中双双自杀身亡。多莉娜重病多年,而高兹晚年一直对夫人及身边的同事们说,夫妻二人中若有一人不幸,另一个也将不活。

第十七章

我的丈夫叫恩斯特：
利奥诺拉·卡琳顿与马克斯·恩斯特

1916 年，"一战"水深火热，被枪声和混乱惊扰过久的人们浮躁得和拖沓的战事一样看不到希望又磨没了耐心，全世界的人都向往着平静和安宁，但事与愿违。

世外桃源总是在纷扰之后被人们精心打造用以安息灵魂，那里繁花似锦，无争无扰。科隆是德国的文化中心，是占星家的摇篮，也是中世纪炼金师的发源地，由此这座小城充满了神奇的超脱现实的另类基因。故而外面的世界还是炮声不断，这里却安静地庇护了一大批从精神到肉体都无家可归的人。人们可以在这里找到一份相对安稳的工作，安心地把日子过下去，艺术也自然容易在这样夹缝中的土壤里蓬勃生长，比如一夜之间就传遍欧洲的科隆达达小组。

它的发起人是超现实主义画家马克斯·恩斯特。这个生不逢时的艺术家用不拘一格的美抚慰这个不安定的世界，而世界的纷乱也给了艺术家太多的灵感，厌倦这些灵感让他更进一步认清了这世界的龌龊。而他天生只是一个画家，能代他呐喊的只有画笔，于是，达达派刚刚成立，他就在自己的家乡成立了达达的科隆小组。达达（dada）是个象声词，模拟婴儿最初的发音，代表着纯洁无邪的超然思想。这个艺术流派是3月的某一天，在苏黎世伏尔泰小酒馆里的几个年轻人脑子一热就一拍即合定下的，试图以超脱现实的艺术形式洗白这个失败的世界。他们把这个小组用随手翻到的字典里的一个词命名为"达达"，这些人的初衷很纯洁，想把自己的艺术生涯过得像婴儿一样干净、天然。

一个名字之所以可以很快流传，也许更多的是它所代表的风格和处世准则。这些发起人也没想到仅仅过了半个月，远在科隆的恩斯特就把达达主义传出了那么远，更让人没想到的是，这个在枪炮声中发起的松散的艺术组织会影响了此后1个多世纪的艺术走向。1918年，恩斯特的科隆小组正式融入了达达派，得以在名称上去掉了让人感觉别扭的"科隆小组"。

看看这位艺术家有多讨厌这个世界吧，他说，"1914年8月1日，恩斯特死亡。他在1918年11月11日复活"。前者，是他作为普通一兵参加第一次世界大战的日子，后者则是他的科隆小组融入达达派的日子。从此他搬到了达达派艺术家云集的巴黎，与自己梦寐以求的艺术完全契合在一起，咖啡加奶一样不可分割。

让恩斯特没想到的是，在这里，他遇到了那个她。

哦，忘了说，这一年，她才刚满周岁。

1. 留下我吧

那时候的恩斯特还默默无闻，此前只卖出过几幅画，虽然在超现实主义的路上一直是只很高调的领头羊，但是在艺术大师辈出的德国似乎还根本不入流，尽管他的科隆达达小组声势浩大，有声有色。达达主义者一致的态度是反战、反旧式审美，提倡新生的人文主义和道德标准，他们厌恶战争带来的动荡，更对旧有的艺术形式送去太多的不屑和白眼。这样一个组织几乎是带着反政府色彩的，由此恩斯特经常受到政府的"特别关照"，这让他极为郁闷。

郁闷的艺术总是需要爱情作为色彩来填补的。那些挥不散的郁闷守着他的超现实主义过了十多年，然后被爱情一扫而空。

利奥诺拉·卡琳顿，出生在第一次世界大战时美国向德国宣战的那一天。这个很传统的名字带着掩饰不住的叛逆和执着，这与恩斯特的主义和理想都天然地合拍。

卡琳顿出生在英国兰开夏郡一个富裕的纺织商家庭，本可以衣食无忧地过她小家碧玉的安稳生活，可是性格基因里的嚣张和叛逆让她仅在小学里就被开除了两次。她发誓再不上学了，却又在 19 岁的时候死活要去巴黎学画。

"一战"已经结束，"二战"还没有呈现出一点端倪，世界美好得仿佛有人在唱赞美诗。当她第一次在学校里获得了绘画奖时就被自己的美术老师大力推崇，"你的画风和你的性格，天生的达达派"。

卡琳顿有些迷茫地向老师请教什么是达达派。在老师三言两语的解释之后立即给了这个艺术派别满分，当她得知达达派的领袖人物马克斯·恩斯特就在巴黎的时候，立即迫不及待地请老师引见。

当她参观过达达小组的绘画作品并对这个派别有了进一步的了解之后，她见到了马克斯·恩斯特。恩斯特顶着苍白的头发向她介绍了自己的作品，亲自带她参观。卡琳顿怯怯地一言不发，直到该说再见了才小声地说出第一句话。她说："我似乎找到了前半生为之奋斗的理想所在，和我后半生的精神依托。留下我吧。"然后怯生生地递上了自己的作品。

45岁的马克斯·恩斯特不仅留下了这个作品和年龄一样幼稚的小女孩，还留下了她的心。

2. 休克治疗

他们私奔了，除了年龄相差悬殊，更主要的原因是，恩斯特是个有妇之夫。无论艺术家再怎样嚣张和视伦理道德为无物，在一个超现实的艺术境地里仍然受现实的束缚，他终其一生在挣扎着试图摆脱，她则给了他起锚远航的第一缕风。

恩斯特的父亲即是个小有名气的画家，而他本人也从小敏感，这让他经常产生幻觉，6岁时还被确认为精神病。不过这些不着边际的幻觉却让他在超现实主义的画派里如鱼得水，他是拓印法的发明人，也习惯用拼贴摩擦的方法进行绘画。这给他带来了无尽的荣誉，日耳曼民族天生的浪漫主义情绪和他与生俱带的虚幻表现力相得益彰，更成就了妻子：卡琳顿的美术造诣和爱情同样茂盛兴旺。

但是这世界不需要虚幻，政府也不需要一个靠虚幻主义来惑众的艺术家，不久之后恩斯特就因为精神问题和艺术的政治倾向被当局逮捕。

卡琳顿能找到的熟人虽然都名声在外，但是这些随便一幅画都值几十万的艺术家们大多对政治无能为力。卡琳顿给每一个她能找到地址的人写信，请他们出面救救自己的丈夫，但是没有一封回信给她肯定的答复。她唯一能做的就是给监狱里的丈夫写信，或者把自己的压抑和担忧留在画布上或是写在小说里。忘了说，她还是个不错的小说家，她的小说也如她的画风一样诡异、另类和迷幻。

但是艺术给不了丈夫自由。受丈夫的牵连，她的画作也被封锁，不允许展出和买卖，小说更是没有出版社肯付稿费，她连最基本的生活都难以维持。

然后她就疯了。

那是个午后，她在去监狱探望丈夫的路上，她倒下去的地方恰好是一家精神病院。

休克治疗是一种极其残忍的医疗手段：为了让人保持正常的意识，先要使其失去意识，说穿了就是以药物或是电击的方法让精神病人昏迷，以停止叫喊和疯狂的举动，如果病人清醒了，就再加大剂量或是反复电击使其再次进入昏迷。

有一段时间她不得不在清醒了之后仍保持着昏睡的状态

以免被看守发现然后拎着电棍闯进来。那些闭上眼不敢翻身甚至是不敢喘气的时候，她就拼命地联想丈夫的困境，然后构思自己的小说。她要把一切都记录在自己的文字里，假如有那么一天她重新获得自由。

如果要把这一段不可名状的痛苦记录下来，我要先想办法离开这儿，可是我在哪呢？她努力回忆自己住进医院之前在做什么。是去看丈夫的路上，那么这医院的斜对面不就是墨西哥大使馆吗？

她似乎想到了办法。

3. 我的丈夫，叫恩斯特

她"乖乖地清醒了好几周"，鉴于表现良好，她被特许探视，然后在一个画家朋友的帮助下，墨西哥大使馆出面将她带离了地狱般的医院。虽然她这一次疯掉显然有着丈夫带给她的政治背景，但是作为墨西哥籍的知名画家，她还是受到了国籍保护，带她离开的，是外交官雷纳托。

"嫁给你，唯一的条件是送我回墨西哥。一个拿着画笔的艺术流派无法对抗拿着枪的政府。"清贫的没有油水的外交官工作显然也让雷纳托对她那个富有的小康之家能支付的款项的数目很感兴趣。卡琳顿是揣着机票走上红毯的。婚礼在上午开始，结束后她立即去了机场，当天晚些时候她就回到了自己小时候的房间。

临睡，她写下了五百字的笔记，并对丈夫说，"我们不可能同房的，你也知道我们为了什么结婚，我的丈夫，叫恩斯特，我千辛万苦回来，就是为了再回去救他"。

她没有再回去，"二战"开始了，世界再次陷入全球性的混战状态。留在巴黎的达达派的朋友们自身难保纷纷出走，更无法打探得到恩斯特的消息。

写吧，画吧，除了画画，她唯一还能把握的就是丈夫通过绘画教给自己的乐观、坚强和向往自由的心。

战争让国家机器变得忙碌起来，政府也再没精力去纠缠什么艺术形式对国家的影响了，那些监狱里年轻力壮的犯人们大多为了自由上了前线，恩斯特则因为自己只会拿画笔的瘦弱身材和6岁那年的精神病诊断逃过一劫。离开监狱的第二天他立即飞到纽约，因为他听说妻子卡琳顿曾在这里出现过。

没有人来机场迎接他，这个曾经的艺术大都会里人们忘记了美术、小说、戏剧，只顾着谈论菜价和哪里还能买到面包。纽约的艺术家们虽然还坚持着举办沙龙聚会和艺术展，但那些展馆门可罗雀。

恩斯特没能找到那个朝思暮想的人。她只是来参加一个画展的，只待了一两天就返回了墨西哥。但是她托一个朋友留给丈夫一封信，这辈子她给每一个遇到过的达达派的朋友都留过给丈夫的信，她相信，丈夫只要还活着，总有一天会遇到这些朋友中的一个。

信的内容大同小异，除了对自由的向往，就只有一个短语：我想你，以艺术的名义和坚贞。

恩斯特开始构思并创作一系列的新作，并冠以《以艺术的名义和坚贞》，每完成一幅就用他独创的拓印法将妻子的亲笔写的这句话拓在画作上。只可惜这些作品妻子一件也没看到，几乎每一件都被战火燃成了灰烬。

战火已经无处不在，地球虽大，安宁之处却越来越少，谁会知道明天和意外哪一个先来呢？1943年，踏遍大半个地球寻妻未果的恩斯特带着失望和疲惫，与多年不离不弃陪着自己寻妻的美国超现实画家多萝西娅·坦宁移居美国塞多纳，那里是他力所能及能盖上一座房子并远离战火安心作画的唯一之处，地点是亚利桑那沙漠中深处。

坦宁一直陪着他，直到3年后，两人终于在"卡琳顿疯了，逃走了，死了"的消息被证实之后领了结婚证书。

4.有一个痛苦的名字我永远绕不过去

1947年的一天，恩斯特带给妻子一个消息，当然了，这个消息说不上是好是坏：好消息是，一个叫卡琳顿的画家在纽约市皮埃尔·马蒂斯画廊举办的国际超现实主义作品展上作为唯一一位女性职业画家把作品卖出了天价，被评为"20世纪最具创造力的英国幻想艺术家之一"，这让她一夜成名；坏消息是，这说明如果不是那么凑巧的话，他日夜思念的卡琳顿没有死，她还活着，用绘画的方式验证着爱和自由。

坦宁明白丈夫的沉闷，一声不响地给他准备好了行李，"你的心一直在她那里，我无论怎样，都只是以她的影子的形式成为你的陪伴而已"。但是却买不到去欧洲的机票，对，船票也没有。整个世界还是一如既往地混乱，没有人能保证穿过整个大西洋的数千英里路程能躲开德国的潜艇和军机。

但恩斯特心里仍向往着能回欧洲，1949 年他千辛万苦弄到了一张机票，但不知何因，在一个可以从飞机上看到欧洲大陆的距离上遗憾地返航。

恩斯特老了。这世界似乎再没有什么可期待的了。"我死了之后，你最好能想办法通知到她，如果她真的活着。"他对坦宁说，而后者穷其一生仍在想办法亲口告诉卡琳顿这句话。

卡琳顿也老了，虽然她比恩斯特小 26 岁，而且名气如日中天，但是不平静的世界把所有想牵在一起的手分得太远。她虽然又结了一次婚，但那只是为了"有个伴儿冲淡寂寞和孤独，无论什么时候，我都要说，我的丈夫叫恩斯特"。

她一生很少接受采访，因为每一个采访者都对她叛逆而传奇的前半生有太多的关注但她本人却拒绝回忆。2007 年的一次采访是她"最滔滔不绝的一次，因为我可能活不了多久了"，但她还是不想提及过往，"过去的事情已经过去了，如果我要改变什么也是为了现在不是为了以前。我已经 90 岁了，我不会再为我 19 岁做的事而烦恼。如果现在我还要对以前做的那些事有太多的留恋，我会过得非常痛苦的，因为有一个痛苦的名字我永远绕不过去"。

她最终活到了 94 岁，这无论如何都算得上长寿，但是她总是说，"这辈子最怀念的还是和他在一起的那短短的时日，如果让我重新选择，我会和他一起坐牢，而不是一个人疯掉，我宁可少活 20 年，我可以和他一起死于一个拥抱的姿势而不是一个人活到耄耋"。

（本文部分内容引自《国家人文》杂志 2011 年精华卷等）

利奥诺拉·卡琳顿：

1917—2011，墨西哥著名的超现实主义画家、小说家。个性中充满着与现实格格不入的叛逆，其特立独行的一生可以用以下一小节概括：

20 岁与恩斯特私奔，23 岁被诊断为精神病，24 岁再婚，次年离婚，4 年后再嫁，而立之年一夜成名。

其画作获得迄今为止超现实主义画家的最高拍卖价，被墨西哥称作国宝。

其作品无论绘画还是小说，象征必都异常复杂和强烈。其作品的核心是女权和自由，她的名言是："我希望大家能意识到，女人不需要去诉求权力，因为权力自始至终都在那里，我们只是拿回这些被侵犯、盗窃和毁坏的，曾经属于我们自己的神话。"

2011 年 5 月 23 日，利奥诺拉·卡琳顿在墨西哥因肺炎并发症逝世。

马克斯·恩斯特：

1891—1976，德裔法国画家、雕塑家，达达派代表人物。其作品通过幻觉质问道德，以理性顶撞非理性，常通过动物、人体和类人生物的直白写真，以暗喻的形式向常规艺术挑战，被誉为"超现实主义的达·芬奇"。

他是中国诗人顾城的偶像，顾城曾为其写诗《给恩斯特》：

在古老的

粗瓷一样亲切的

城堡上

画下圆形的月亮

旁边是细长的叶子

和巨大的蓝色花环

沿着那些台阶，回想

我走向

最明亮的悲伤

第十八章

爱你还是爱音乐：
克拉拉·舒曼与罗伯特·舒曼

　　现实越锋利，人就越成长，并由此诞生了自我治愈和破茧成蝶的能力。作为一个一直言听计从的乖女儿，在经历了漫长的 11 个月的诉讼，克拉拉终于赢了这场和亲生父亲对簿公堂的官司，牢牢地抓住了自己那蓬勃生长着的爱情并让它开花结果。

　　她曾是父亲心目中的天才音乐家，而父亲也和众多望女成凤的家长一样希望女儿成为世界顶尖的钢琴大师。父亲坚信自己一定会如愿的，事实上也几乎成功了，他当然不希望自己女儿的一生毁在一个有着精神病遗传史的穷小子身上。

1. 拥有他久一点，再久一点

作为著名钢琴家玛丽安娜和音乐教师维克的女儿，她身上天然地继承了音乐基因并在 12 岁那年以"音乐神童"作为主持人的开场白开了第一个个人演奏会，从而一夜成名，从此就与各种最高级别的演奏会邀请函再也分不开了。

前途无量、望女成凤的维克自然不希望女儿的前途毁在自己的学生手里。他的学生叫舒曼，几年以前考入莱比锡大学攻读法律，但是枯燥的法律课程让他痛苦不已，反倒是艺术之都莱比锡的音乐让他安静下来，于是很自然地，他拜入维克门下学习钢琴，那时候老师的小女儿克拉拉才 9 岁。为了节约费用他住在了老师家里，得以每天与师妹四手连弹，珠联璧合。他给她讲家乡的趣闻，她则把他新写的曲子作为练习曲。

那是段神仙眷侣一般的生活，青梅竹马，同学少年，一切有关懵懂爱情的情愫都像漫天的柳絮一样飞舞着，洋溢着，也美好着。几年以后，他的以钢琴为生命的老师终于发现了女儿与自己的学生之间似乎并非只是师门情谊，但是老师觉得女儿还小，他不允许一场发生在少年时的爱情游戏毁了女儿的音乐前途。

"祸不单行"这句话总是有道理的，舒曼为了让老师满意，不仅在演奏上，甚至在作曲上也分外卖力，他没日没夜地学习、练琴、作曲，期待能早日功成名就得到迎娶克拉拉的资本。但是事与愿违，无论作曲还是演奏都渐露头角的舒曼求胜心切，为了迅速提高演奏技能，他独出心裁地用一根细绳把手指吊起来试图增强手指对琴键的灵敏和反应速度，但是这种错误的训练方法严重地损伤了手指，他甚至已经无法准确地对琴键做出正常的反应了。

一个毁了手指的音乐家只能靠作曲来延续他的艺术生命了，作为父亲，维克根本不可能把已经崭露头角的女儿交给这个倒霉的作曲家。

为了躲避舒曼的纠缠，维克带着女儿开始了全国巡演，他粗暴地禁止女儿与舒曼通信见面，甚至不许女儿演奏舒曼的曲子。舒曼实在忍不住相思之苦，偷偷地跑去克拉拉演出的德累斯顿。得知女儿和那个倒霉蛋见了面，维克大发雷霆，告诫舒曼胆敢再骚扰自己的女儿就用自己随身的手枪干掉他。

年轻气盛的舒曼此时也已经小有名气了，在一个思想解放的艺术之都如此粗暴地干涉爱情已经不能为大多数人所理解和同情。舒曼将这件事公布于众，结果音乐界的众多著名人物都对维克表示愤慨，肖邦、李斯特、门德尔松等音乐界的大腕都对舒曼表示了同情。

但是我们的作曲家显然是被一支手枪给吓坏了，他搬到维也纳隐居了一年多，但是倒霉的事接踵而至：他的《新音乐杂志》未获批准，也很久没有克拉拉的消息了，他只知道自己的梦中情人正在全国各地风生水起、如日中天，而自己却躲在无人问津的角落里自暴自弃。回忆当年与师妹在一起的日子，舒曼一口气创作了13首曲子，命名为《童年情景》，曲调轻快，旋律简单，富有浓郁的浪漫色彩，他知道只有意中人才会懂得这些曲子的真正含义。不久之后他就得知克拉拉在音乐会上演奏了这些曲子。此后他们开始不间断地信件往来，字里行间满是少年情爱，舒曼说："你鲜明的形象在黑暗中闪烁，帮我度过这段低沉困厄，我相信我们的守护神会眷顾我们。"而克拉拉的回信里也给了他无尽的力量，"你像一座充满了游戏与故事的湖泊，总是给我丰富的想象和生活的激情。人能活多久呢？现在的心情，到什么时候才能实现呢？我想尽快和你在一起"。

舒曼与维克有过几次深入的谈话，但是维克总是霸道而盛气凌人，舒曼在给克拉拉的信里说，"我想让你知道，这世界上爱你的人里已经多了一个我。你父亲的话直戳我的痛处，我真的不知道，他怎么会如此对待一个深爱着他女儿的人。他提到了我的贫穷，认为我会把悲惨的生活境遇带给你，我们经过千辛万苦刚刚建立起来的爱情要遭受考验了。我本来也情愿顺从你父亲的意愿，那样至少不会让你陷入糟糕的家庭关系中。可是你知道，哪怕有一丝希望，我也不愿意放弃啊"。

克拉拉在回信里给了舒曼无比的信心，"我不知道我们的爱让你如此纠结，但这不是我父亲的过错，而是因为你的不自信和对我的不信任。你是我的爱人，永远都是。我对爱情的坚定已经超过了你啊，如果失去你，也将是我无法承受的重量。你会是我的全部，成为陪伴我一生的人"。

为了能嫁给舒曼，克拉拉拒绝了父亲给她签约的演出，而维克则用那支手枪在女儿、舒曼和他自己三个人的头上轮流点过去，声称与女儿断绝父女关系。"虽然断绝了关系，你们也不要想我会好心在婚约上签字，而在莱比锡，没有家长的签字，你们的婚姻是无效的。"

从小舒曼就将维克视为艺术与生命的双重父亲，亲人陌路真的是让人崩溃的一件事。日记里，舒曼说："他只用刀柄也能刺伤我和克拉拉，而我的绝望则像一棵被连根拔起的小树。"几近疯狂的舒曼于是一纸诉状将老师维克告上了法庭。1840年8月1日，莱比锡法院终于宣判舒曼胜诉。

回到家里，维克对女儿大吼大叫："你已经是欧洲的音乐仙子了，为什么要自毁前程对一个恃才傲物、一文不名的穷作曲家情有独钟呢？"

克拉拉不说话，把一直胆怯地跟随在身后的舒曼拉到钢琴后面坐好，她自己则与他面对面坐好，打开琴盖，把《童年情景》一首首弹下去，不时地抬头向着对面的年轻人投去渴望而动情的眼神。

那眼神令他不安，也令他激动，还给他勇气，更给他无比欣喜的美好。

一个月后的9月12日，舍内菲尔德大教堂，一个小小的婚礼在维克的恼羞成怒和舒曼的欣喜若狂里悄悄完成了，整个过程不过十分钟。当晚，克拉拉换了一本新日记，并在日记的第一页上认真地写下一行字：

我热烈祈求，让我拥有他久一点，再久一点……

2."我完全被欢乐占据了"

婚后第一年是舒曼的创作巅峰期，梳理一下舒曼的创作年表就会发现，他一生中比较重要和有影响力的作品几乎都是在这一年中完成的。舒曼认为这世界上与音乐最接近的艺术形式只有诗，"音乐是诗最大的潜能，作为艺术家，首先要成为一个诗人，也唯有诗可以将音乐从固定的形式中拯救出来，完成自己的艺术使命并达到理想世界"。他为自己的每一首曲子都配上了诗，《献歌》一曲中，舒曼借用诗人弗里德里希·吕克特的名句献给他的妻子："你是我的生命，是我的心；你是大地，我在那里生活；你是天空，我在那里飞翔。"第二年伊始，《春天交响曲》中，舒曼的幸福可以从每一个音符里被表现出来，克拉拉在第一次弹奏之后激动地说，"我完全被欢乐占据了"。

因为离开了维克的巡演合同，婚后不久他们就捉襟见肘了，21岁的新娘，30岁的新郎，只凭作曲和演奏，还有那些彼此固执着的风花雪月显然抵不过一块面包。克拉拉不得已在演出之余还要出任音乐学校的教师，挣些微薄的薪水贴补家用，与其说她拼命地演出是为了宣传舒曼不如说是为了生活更恰当，生活的重压让那个当年光环满身的钢琴仙女落入凡间成了一个合格的主妇。而舒曼也在与老师维克的争斗和拮据的生活以及毁掉了手指破了钢琴梦的阴影里有些精神病症状了。他们搬到了莱茵河畔的杜塞道夫，在乡下租了间很便宜的房子，一来他们的孩子可以有比较宽敞的玩耍场地，二来这里的青草和健康的空气也可以缓解舒曼的精神病症状。

就在这时候，另一个伟大的音乐天才出现了。

1853年9月的一天，34岁的克拉拉发现自己又怀孕了，"可是，喜悦呢还是悲哀呢？我们真的无力再养孩子了，但另一件事在日后看来则肯定是归于喜悦的，我听到了几声门响，然后我让女儿玛丽去开门……"日记里，克拉拉记录了第一次看到他的情景，他有一头金色的头发，随便穿着一件夹克，红红的眼睛因为长途跋涉而显得疲惫不堪。"我是来拜师学琴的，虽然我不富有，但是还可以付一小笔学费，并且，我年轻，我可以干很多粗活。"

从那一天起，克拉拉的生命里就再也没有离开过这个叫约翰内斯·勃拉姆斯的男人。

3. 精神病人

舒曼让这个年轻人试着弹一段曲子，刚刚弹出几个音符，舒曼就打断了他，"请等等，我想应该请克拉拉来听一听，我想在我对音乐的理解范畴内，你是最接近贝多芬的音乐家"。

夫妻二人欣然接纳了这位学生，并在不久之后舒曼一扫十年阴霾发表了文章《新的道路》，文中力推勃拉姆斯，"这是位堪称出类拔萃的音乐天才，相信在不久的将来，此人将呈现出音乐世界里神奇的奥妙并给出一个最接近上帝的明智回答"。克拉拉则笑着说，"舒曼显然把他当成了自己的儿子一样器重和精心培养"。

征服总是相互的，就像舒曼夫妇被这个年轻人征服了一样，勃拉姆斯也同样被这对恩爱而百折不挠的音乐夫妻征服了，不仅感谢他们的精心栽培，更感谢二人的知遇之恩和乐观的人生品格。但是舒曼的精神病越来越重了，医生开出的诊断除了精神分裂症之外还有狂躁抑郁症。舒曼在接纳了勃拉姆斯不久之后曾有过一次投河自杀的经历，他实在不忍心看着当年的钢琴仙子被自己的穷困潦倒折磨，在投河之前他其至还留有遗书，"亲爱的克拉拉，我将要把我的结婚戒指丢进莱茵河了，你也把你的丢进去吧，这样两枚戒指就可以在另一个世界重逢团圆"。

被人救起之后他便主动要求住进精神病院，克拉拉已经有了身孕，住在家里只有更打扰她，这是舒曼不愿意看到的。住院之后，勃拉姆斯就代替克拉拉每天去医院探望，给他讲克拉拉的孕情，一起谈音乐，谈孩子的培养，帮他打理一切内外事务包括挡开那些好事而讨厌的记者，帮助他从困境中解脱出来，"好好看病，要记得，你还有一个未出生的孩子等着你回家呢"。

入了院就被谢绝回家，当勃拉姆斯把克拉拉的肖像带给他时，伟大的音乐家"吻着它，然后用发抖的双手将它放在枕头下面"。

而从舒曼入院开始，直到临终几天克拉拉才再次见到了丈夫。当时丈夫情况还算不错，可是回来不久后就拿到了医院的病故通知。

那是 1856 年。

4. 过完属于自己的人生

勃拉姆斯由衷地敬佩和喜欢师母，她美丽，聪明，坚韧勇敢，更具备着普通女性没有的天分和灵性以及对音乐的虔诚，这种暗恋的结果是催生了勃拉姆斯无数伟大的音乐作品。勃拉姆斯在给好友约阿希姆的信中说，"我相信我对她的关心和崇拜抵不上对她的喜欢和爱，我已经在她的魔咒之下了。我常常不得不极力控制住自己那双悄悄伸出去渴望抱住她的手，甚至，我不知道，这在我是这么自然，她根本就不知道"。

在舒曼离世之后，为了避嫌，他离开了克拉拉一家，但是每月一封信总是按时寄到。这样的通信，一直延续了此后的40年时间。

只有在信里，他才敢无所顾忌地说出自己的爱情宣言，"我深深地爱着老师舒曼，但我不得不说，除此之外，我还对你有一份男人对女人的爱慕之情。可是我没有勇气，万能的上帝给了我对艺术的敏感，却让我的勇气少得可怜。如果可以，我情愿放弃这所谓的艺术天赋，而只求它给我说出一句话的勇气，一句久藏于我的心底，却无时无刻不想对你说出的话，它也一定会允许我亲口对你说出那个'爱'字。我不惊你，不扰你，甚至不说我爱你，只求可以与你同处一片天空下，看着你，守着你，过完属于自己的人生"。

克拉拉40岁生日之夜，收到了勃拉姆斯专门为她创作的《小夜曲》，克拉拉彻夜弹奏，泪如雨下。在回信里，她写道，"这首曲子就像我正在看着的美丽的花朵中的根根花蕊，它们美得那么不近烟火，又那样脆弱得像我此刻的心跳。可是，我该是爱你还是爱这音乐？"

陪伴着舒曼的那段时间里，相信勃拉姆斯同样是煎熬着的，是希望舒曼早点康复还是希望他早点死去？有关爱情的问题都是简单得极其复杂的，而勃拉姆斯的高尚之处就在于他几十年一直保持着高贵而痛苦的缄默。爱上了师母，这不仅是对老师的极大污辱，更是对冰清玉洁的克拉拉的污辱，虽然这样的爱情里他并不怕任何世俗的闲言碎语，但是他的爱是道义和伦理所不容的，更于克拉拉对舒曼故去的悲哀于事无补，也不可能填补她心里的缺憾。他几乎所有的音乐作品都是围绕着克拉拉这位女神，而相信克拉拉在弹奏勃拉姆斯的曲子时也一定读得懂这份情谊，但他们的交集的脱俗之处就在于，彼此心如明镜，却在现实的重压之下，难得而平静地保持着纯洁和理智，终生谁也没有表白。

舒曼离世 40 年后，勃拉姆斯完成了他最后的作品《四首最严肃的歌》，当时克拉拉已经老得打不开钢琴的盖子了，医生已经下了病危通知。女儿玛利亚决定替母亲完成这次演奏，但是被勃拉姆斯及时去信阻止了，"您演奏不了这部作品，因为您不可能理解作品的情感，请您把它作为祭品献给您的母亲吧"。寄出了这封信，勃拉姆斯突发奇想决定赶去在克拉拉还活着的时候亲自给她演奏。65 岁的音乐家不幸坐错了火车，当他下车的时候，克拉拉的葬礼已经结束。

他知道自己今生再也看不到心中的女神了，那一天下雨，而他只带了一把提琴，一个人在刚刚堆好的坟前，把小提琴架在肩上，把那部只有他能深有所感的作品，演奏给另一个世界的女人听。

一年以后，勃拉姆斯也了无牵挂地离开了。这一生，一个名叫克拉拉的女人，不仅完成了从公主、音乐仙女到普通主妇的转变，更是打造了两个世界顶尖的音乐大师，打造了两个堪称完美的男人，除了给这世界留下了无数珍宝级的艺术作品之外，更留下了一段让人唇齿留香的爱情传奇。

（本文部分内容引自《你是最伟大的暖》，香港出版社，2001 年版）

人物小传

▶ 克拉拉·舒曼：

1819—1986，德国钢琴家、作曲家，技法高超，格调高雅，代表了当时钢琴界的最高水平。主编《罗伯特·舒曼全集》。

▶ 罗伯特·舒曼：

1810—1856，19世纪德国最著名的作曲家、音乐评论家，耶拿大学哲学博士，莱比锡音乐学院教授。其作品曲中带诗，诗中有曲。因精神疾病两次投河自杀，后逝世于精神病院。

第十九章

天生是母亲：

卡森·麦卡勒斯与利夫斯·麦卡勒斯

有时候我们不得不承认，赞美和肯定会成为负担，成为迷茫和压力的元凶。这实在是一件略显尴尬的事情。

卡森便因此感觉窒息，为了缓解这样的压力，她甚至学会了抽烟喝酒。是的，一边优雅地弹着钢琴一边任由烟灰随着节奏掉落在琴键上。母亲坚信她会成为一个世界级的钢琴大师，而她也推却不了母亲的厚望，一直向这个目标努力着：第一次世界大战结束了，男人们以英雄的姿势僵硬地躺在战场上尸骨未寒，而史密斯家族的兴旺就义不容辞地落在卡森身上了。

1. "我的'我们'"

为了让卡森全身心地投入钢琴训练中去，母亲不准她把精力放在任何其他事情上，包括去做弥撒。她四岁时的一天，保姆带着她路过教堂，当时门开着，孩子们在祷告的空闲时间里荡秋千，每人还分到了一支大大的冰淇淋。卡森显然是被那支冰淇淋吸引了，但是保姆拉住了她，"你不能进去，因为你不是天主教徒"。再转回来时，教堂的门已经关上了，从那时起，四岁的卡森便领教了可望而不可即是种怎样的痛苦感觉，她的性格开始变得孤僻。母亲只让她练琴，固执地坚信一个伟大的音乐家即将诞生，而卡森却痛苦地感觉到世界的对立和自己的孤独：一个女孩的全部世界都像教堂的那扇门一样，对自己关闭着，排斥着，对立着。

13岁时，母亲发现自己贵族基因里所有对钢琴的理解都已经不能再满足于女儿的进步之后，便想要给女儿找个有名望的钢琴教师。正巧步兵学校主管阿尔伯特的妻子、著名钢琴家玛丽·塔克搬到了哥伦布。卡森精选了李斯特的《匈牙利第二叙事诗》，试图以这首对演奏技巧要求极高的作品赢得塔克的青睐，卡森也的确完成得很不错，但塔克的评价是"弹得声音太响，速度太快，生硬而笨拙"。但是同时她也表示"这么小的年纪能把这首高难度的作品表现到这样的境地也算难得，年龄可以弥补控制力和装饰性上的缺失"。最终还是将其收为唯一的弟子。

其后4年的时间里，卡森想尽一切办法留在塔克家里练琴而不想回到那个让她感觉阴冷对立寂寞的家，不过这也符合了母亲的期待，一直不就是希望她心无旁骛地练琴吗？塔克一家的热情冲散了卡森心底的阴冷，她同样热情地表达着对塔克一家的喜爱，"十几年的生命里，我没有朋友，没有亲人，没有谁能走进我的心里，心里只有我，没有'我们'，现在有了，塔克夫人，是第一个我的'我们'"。

但是4年之后，塔克夫人要走了，她要随着丈夫离开哥伦布，或者换句话说，"我们"的师生关系要以分别而告终。这让平生第一次沉醉于温暖世界的卡森实在无法接受，她不仅与塔克夫人大吵了一架，还得了一场重病，并发誓如果塔克夫人离开自己，她将再也不碰那该死的钢琴。

但是塔克还是离开了，她唯一没想到的是自己的学生说到做到。多年以后塔克回忆起这段往事的时候说，如果当初认识到了这次远离对卡森的伤害如此之大，她一定会想办法把她带在身边的，"那段日子她真的把我当成了唯一的亲人"。

而让塔克夫人欣慰的是，她的这次离开，虽然对卡森造成了严重的精神伤害，但从另一个角度来说，却也是件好事：她没有培养出一位三流的钢琴家，却造就了一位一流的作家。

2. 蹩脚的主妇和完美的作家

刚刚我们说到卡森得了场重病，是的，这场重病烧坏了肺，以至于她整个后半生都病歪歪的，弱不禁风。钢琴演奏需要极好的体力和充沛的激情，这两样卡森都已经不具备了，而且卡森一向是说话算话的，塔克上船离开的那天起，她真的再没碰过钢琴。

她重新把自己置身于一个精神流浪者的位置并享受着这样的孤独和寂寞直到死去，唯一的释放方式就是写字，写给自己看，写给塔克看，也写给世界看。

　　那一年，她17岁，塔克走了，只留给自己一个微笑，但是利夫斯·麦卡勒斯来了，同样给了她微笑，并让她在一种男性阳光的充满着荷尔蒙的新鲜味道里重新感觉到了一种"我的'我们'"。那时候卡森已经发誓要成为一名作家了，为了凑齐去纽约学习写作的学费，母亲在最后一次向她确认"是否真的卖掉钢琴"时还是很犹豫的，并且母亲还卖掉了自己祖传的翡翠戒指。利夫斯用一小笔遗产买通了兵役审查官，为了陪瘦弱的卡森去纽约，他还中断了自己的写作班的学习。这里可以简单提一句，利夫斯是个小有名气的文学青年，已经出版了自己的第一部小说，但是他得承认在文学天分上与卡森相比自己望尘莫及，那么索性就省下自己的学费把心上人资助成天才吧。在冬天来临的时候，卡森不出意料地再次犯病，幸好在犯病之前她完成了处女作《神童》，并在当时著名的文学杂志《小说》上发表，反响很好。病来得正是时候，她可以借此心无旁骛地构思酝酿另一部小说，并决定给自己的这部作品命名为《心是孤独的猎手》。

　　哦，这名字好疼，分明就是她的前半生。

　　利夫斯彻底放弃了写作梦，在夏洛特找到了一家信用公司的工作，并在卡森病情好转之后举行了一个小规模的婚礼，一切似乎都按着预定的轨道顺利进行着。夏洛特是利夫斯的家乡，他在东大街311号有一间公寓，而卡森由此成了利夫斯夫人和一名主妇。时间是1937年，整个世界都响着枪炮声和独裁者声嘶力竭的呐喊，而 20 岁的卡森成了 24 岁的利夫斯的夫人。

主妇的生活让她有点为难，她不是烧煳了菜就是忘了放盐，《心是孤独的猎手》也因为情节上有缺陷暂时搁置了。她开始焦躁地构思下一个作品，并每天对着乱七八糟的厨房一筹莫展。

幸好利夫斯并不在意，甚至乐在其中，他每天开着那辆老掉牙的二手车满街跑着兜售保险，晚上回来再来收拾被卡森弄得一团糟的厨房。每天都要给这间面目全非的厨房起个名字，今天叫"刚丢了蛋的鸡窝"，明天叫"被打劫的乡下别墅"，两个人常常为"今天的厨房叫什么"而争得面红耳赤，然后一起哈哈大笑。

可是，再快乐的二人世界也需要金钱来维持，利夫斯的保险显然不得门路，夫妻俩都渴望卡森的下一部作品赶紧出来，换些稿费过日子。

3. 天生就是母亲

《哑巴》的前六章换回了出版社的 500 美元，这足够他们幸福地生活一段时间了。但是战争让他们不得不搬家，更远更荒凉的法耶特维尔让生活返璞归真的同时也让他们开始了夫妻间常见的争吵，原因当然是远离了让她激发灵感的城市和这该死的战争。她感觉自己被孤立和遗忘了，而爱情早已失去了新鲜感，钞票越来越少，而争吵越来越多。只过了一个夏天，她就一个人回到了城市，她需要城市的喧闹和生机给她构思新作品的灵感。就在她离开丈夫期间，她发现丈夫居然把自己为数不多的存款全部花完。

一个用文字抵抗世界的弱女子实在无法容忍这种欺骗。她在给利夫斯的信里冰冷地写道："与其破碎共处，不如各寻清静。"

可是世界一向不清净，整个地球上每一个角落都成了战场。作为一个失败的男人，利夫斯重新回到了军营里去寻找立足点，似乎近乎严酷的军队生活能让他恢复一个男人的自信，而为国献身则是每一个热血青年的终极理想。

当利夫斯在战场上捷报频传的时候，卡森心里的英雄崇拜又一次被点燃，虽然婚约不在，但她从未忘记过给厨房起名的幸福时光，而这一生里，能让她铭记的快乐实在不多，甚至写作本身也不能。她充满激情地在《女士》杂志上发表了《一个战士妻子的来信》，用作家敏感而煽情的语言将惦念与祝福送给战场上披肝沥胆的战士们，同时也隐隐地向丈夫发出了复婚的信号。她相信，一个不惜性命为国的男人，一定是个阳刚和细腻并存的好丈夫。

1945 年，战火刚刚平息，他们就迫不及待地复婚了。战争让利夫斯看清了世界的本来面目，而利夫斯的顽强和英勇则让卡森重新在另一个层面上学会了珍惜和爱护——男人，无论多强大，都天生应该在女性的母爱般的保护之下，而一个女性作家，天生就是母亲。

4. 利夫斯等我已经等得够久了

战争和流血让利夫斯得了严重的失眠症和神经质，他常常在夜里惊醒四下里去抓他的枪。而他当时的一个部下因为临阵脱逃而被他送到军事法庭，那人九死一生之后开始上下其手四处游说要为自己平反。战场上的混乱让证据很难找到，当时的见证人也大多战死很难找到，这倒让这个颠倒黑白的小人差一点得逞了。这更加剧了利夫斯的焦虑。

卡森坐着轮椅，开始了从一个作家到律师的转变。每天夹着厚厚的诉讼文书周旋于法庭和证人之间，有几次在街头被当作流浪者送到了收容站，幸好每次都有人能认出这个身形单薄、面容憔悴的残疾人是享誉世界的作家才避免了误会。还有几次她差点被车撞倒，更不必说有一次利夫斯当庭发作，用法庭上那本厚厚的圣经疯狂地敲打自己的头。为了抢下那件神圣的"凶器"，卡森居然从轮椅上一跃而起重重摔下，半个月卧床不起。

出庭，查证，她像个拉着长不大的孩子的母亲，而利夫斯的智力已经被这一切折磨得只相当于 10 岁的孩子了。

事实上她本人也一生都倍受病痛折磨，15 岁时一场中风被当作感冒误治，此后她经历了三次严重的中风，导致在 29 岁时就全身瘫痪过一次。脆弱的身体又被日后无休止的疯狂写作熬干，还要照顾随时有自杀倾向的丈夫，这一切都让她疲惫不堪，但她的乐观就如同笔下文字不住地流淌着。她给丈夫念自己的小说，跟丈夫一同分享自己的《婚礼的成员》改编成舞台剧后在百老汇连演 501 场且场场爆满的喜悦，也和他分享写作与活着的艰辛。

这场飞来横祸般的官司最终还是以利夫斯的获胜而告终，同时卡森也拿到了古根海姆文学奖，双喜临门，她决定带着丈夫去巴黎放松一下，也算是重新补回他们的蜜月。但是巴黎之行和所有无微不至的关爱似乎不具备任何物理疗效，利夫斯的病症越来越严重了，有很多次他甚至绝望地请卡森给自己的"头上来个痛快的"，更不止一次要求卡森和自己一道走上神圣的自杀之路。直到有一天，利夫斯把自己反锁在酒店的房间里果断地完成了一次"壮举"。

作为一个作家，卡森有记日记的习惯，得知丈夫自杀后她便停止了记日记。日期是1953年11月19日，最后一页日记上，她这样记载："从当初学钢琴开始，我就对母亲这个角色反感得彻底，但从他身上，我重新感觉了母亲的伟大，作为丈夫的'母亲'，我该说，这一切努力，都将成为比写作、比获最高级的文学奖，更成功和自豪的事情。"

剩下的时间里她只能用拼命地写作与该死的病痛为敌，这一生她都活在一种彻骨的冰冷之中，她的作品和生活中随处可见孤独和寒冷。虽然与丈夫分分合合，但这却是她为数不多的温暖，利夫斯的神经质和孩子气也让她有一种母亲般的操劳的快乐。可是丈夫走了，一切都没了，现在，最后一处安全岛也沉没了，冰冷的现实让她无力招架。

她一直用丈夫的姓氏活到了死。1967年8月，卡森因脑部大出血昏迷45天后去世。50岁的作家在昏迷之前就说，"如果我失去意识，不要抢救我，利夫斯等我已经等得够久了"。

（本文部分内容引自《孤独的猎手：卡森·麦卡勒斯传》，上海三联书店，2006年1月版）

卡森·麦卡勒斯：

1917—1967，20 世纪美国著名的现实主义作家，其作品以浓郁的现代迷茫感代言了一个世纪的青春梦幻，文字朴实亲切，有着浪漫主义之后令人胃口大开的清新感，而其主题多影射自身命运，几乎每一部都是"自传"，充满了现实主义痛感。

第二十章

我的故事都在我身体里：
玛格丽特·杜拉斯与扬·安德烈亚

那天谈到了杜拉斯。她写了《情人》。幸好她写了《情人》，要不，这世界上不仅少了一本名著，更少了一个特立独行的女人。

1984年，那一年，她已经70岁了，她拿了龚古尔文学奖。那部让她获奖的书被称为"当年用英语发表的最佳小说"，她也成了最会讲故事的法语作家。而她说："我的故事都在我身体里，说是说不完的。我老了，拿不拿奖，无所谓了。"

她无所谓了一辈子。《情人》之前，她从未有哪本书的销量超过500册。但是她一辈子都在写，写给她自己看，像一个街边广场的角落里自我陶醉的歌者。她不期待掌声，她只享受过程中的快乐。死后光是在她的柜子里就发现了20几个剧本，翻拍之后都是大红大紫。而在她活着的时候，人们忽视她，诋毁她，羞辱她，谩骂她，哪怕是最不知名的小剧团都不屑于排练她的剧本。《情人》之后，她一成不变的格子裙、灰毛衫、围巾短靴甚至成了风靡世界的流行款，而她之所以这样穿，只是因为那些文字当初换不来面包，她只是穷。

穷都能穷得这样有范儿。

1. 湄公河上有她稚嫩的初恋

湄公河上有她稚嫩的初恋，那个叫胡云泰的中国人。时间是1930年，她才不过16岁。

一个富贵人家，怎么能娶一个一文不名的矮小丑陋的女人？而且这其中还有着千丝万缕的社会因素和家庭因素。胡云泰帮助她的家从贫困渐渐走向稳定，她的父母都是小学教师，很小的时候父亲就去世了，母亲一人抚养3个孩子。母亲把坚韧和果敢传给了她，除此之外，她一无所有。胡云泰教会了她恋爱，让她明白了这世界上有一种最美妙的东西叫作爱情，也让她看清了世界的假和丑。

初恋时我们不懂爱情，其实初恋以后也未必懂。再见到胡云泰时杜拉斯已经结婚又离婚，经历了亲生骨肉的夭折，也享受着她身边数不清的情人。"如果我不是一个作家，我会是一个妓女，我享受性的快乐，也享受性之后的孤单，快乐和孤单是分不开的，不可能，也不会分开。"

离开胡云泰之后她以法学学生的身份去了巴黎，但是她爱上了文学。是的，还是小姑娘的时候，她就对母亲说，她要写作，她终身需要的就是这个。母亲回她："看看我们的家，连个像样的床都没有。写作能给这个家添一张新床吗？"她扭身走开，报考了法学专业，可还是要写——她决定的事情，这世界上没谁能阻挡。多年以后她终于回答了母亲当年的问题。"我给你买了新床，甚至是新房子。我写作不是为了写女人，我写女人是为了写我自己，写那个穿越了多少个世纪中的我自己。"

1939 年，她同罗贝尔·昂泰尔姆结婚，一起搬进圣·贝诺特街 5 号。艺术之都巴黎正在被纳粹蹂躏，那些原来出现在街角咖啡馆里埋头创作的海明威、毕加索这些前辈们都已经隐去了，幸好杜拉斯还在，这个女人出现在巴黎这座有着特殊意义的城市，这注定要以她的名字注册一个艺术时代。她自己把自己的姓改成故乡的一条小河的名字——Duras（杜拉斯），然后以《无耻之徒》在文坛一炮打响，开始成为职业作家。

而在这之前，苦难还是没有忘记放过她。《塔纳朗一家》被出版社退稿；她第一个孩子夭亡；她的哥哥在中国抗日战争期间去世；而在这之后上帝似乎觉得还不过瘾，把她的丈夫流放到国外，因为他参加了抵抗运动，而作家自己也被开除了法国共产党党籍。

够了，亲爱的上帝，你折腾完了，现在看我的。

2."我在，你还有我"

《广岛之恋》是她的另一座丰碑，她主笔的这部电影创下很高的票房纪录，而她的名字也因此成为世界通用的文学符号。《情人》该是她的另一座里程碑了，拿下了龚古尔奖之后再获里茨-巴黎-海明威奖，被译成 40 多种文字。

中年以后的杜拉斯形容枯槁，身体差到随时可以昏倒。孤独啊，酒也治不了孤独，但酒能产生能量，给她呐喊和哭泣的勇气。她疯狂地写作，然后找无数个男人，再然后喝酒，醉倒在离家几米的路上好几次差点被车轧死。

可是，那些过眼云烟的数不清的情人之后，扬出现了。她要感谢那个叫扬的男人，他小她 39 岁。扬无数次把她从街上拉回家，让她骂，让她发泄，也让她趴在肩膀上哭。

他叫扬·勒梅（后改名为扬·安德烈亚），在大学里偶尔读到杜拉斯的《塔吉尼亚的小马驹》，立即被那惊艳的情节和生花妙笔深深地吸引了，"就像是一见钟情，从此我再也读不下其他任何书，但是只要翻到她的书就废寝忘食。整个大学里我读遍她写的所有的书而教科书到年底还是崭新的"。1975 年，杜拉斯编剧的电影《印度之歌》首映后的见面会上，扬冲到人群的最前面，"我对她说，我想给你写信。她给了我她在巴黎的地址，说'如果你愿意，并认为给我写信不是浪费你的时间，你可以寄到这个地址'。从第二天起，我就不断地给她写信"。

然而，杜拉斯哪有时间回信啊，她已经是世界级的文学巨匠了，她有写不完的稿约，还有喝不完的酒，更重要的，这两样又都治愈不了她的孤独。孤独是从小就根植于心的，这让她随时有疯掉的可能。5 年的时间里，扬写了数百封信却没有接到任何一封回信。这个小伙子心寒了，渐渐地不再给她写信。

杜拉斯其实是每信必看的，只要署名是扬。这一生她见识过无数的男子，没有谁真正让她心动过，她很想知道这个看上去稚气未脱的男人能坚持多久。5年的时间，不算短，不信看看自己5年前的照片，和现在有天壤之别啊。当扬沉默之后，她开始给他寄书了，自己的《夜航船》《否定的手》《奥莱里娅·斯泰内》，每一本都仔细地签好名字，写上"给扬"。

"1980年夏天"，扬回忆说，"我打电话去杜拉斯当时所住的滨海城市特鲁维尔，说：'我是扬。'她开始滔滔不绝地说话了，一直说了很久。她说：'来，到特鲁维尔来。这离我的家不远。我们一起喝一杯。'"

放下电话，扬立即搭上了班车。这一走，就再也没有走出杜拉斯的范围，事实他也根本不想走出。

谁说80岁不会再面对爱情？他给杜拉斯开车，打字，做饭，陪她兜风聊天，她昏倒的时候，他总是把她抱在怀里。疯狂的时候，她说："扬，你跟我一起到上帝那里去吧！"而孤独症发作的时候她会说："扬，我的东西你一样也休想得到。"她会把他的东西从窗口扔出去，声嘶力竭地赶他出门。她已经开始怀疑一切了。"我如果没有成名，没有钱，你还会爱我吗？我不知道你在我这里想干什么，我什么都不会给你，我这辈子见到的骗子太多了。"

实在受不了，扬就跑到火车站的长椅上枯坐一宿，天亮了再回来。"与你年轻时的相貌相比，我更爱你现在备受摧残的面容。"

她这一辈子没对任何一个男人说到过爱。"玛格丽特·杜拉斯，她写作，有的只是用来写作的铅笔和水笔。除此之外，她一无所有。"每当此时，扬都会跟上一句，"我在，你还有我。"

为了感谢扬的忠诚，杜拉斯在清醒的时候断断续续地写好了遗嘱，把自己的著作权都留给这个叫扬的男人，虽然不久之后因为著作权的问题扬不得不和杜拉斯的儿子对簿公堂。他很不想这样做，"我可以放弃任何属于她的东西，但是我不能容忍你连她的亲笔遗嘱都怀疑"。

扬参加了电影《阿加塔》和《大西洋男人》的演出，还与杜拉斯一起给《那场爱情》做编剧。给杜拉斯整理书稿久了，扬很想有自己署名的书，"我想写写我们的爱情，这些穿越时间费尽千辛万苦才修来的情缘。"后来他们就真的写了，杜拉斯的作品叫《扬·安德烈亚·斯泰内》。而扬的作品则叫 *M.D*（玛格丽特·杜拉斯的姓名缩写），写她吸毒戒毒、随时的昏迷、无数次从死亡边缘逃生的故事；也写他被她赶出家门的绝望，写一个男人爱上了一个年龄可以做他母亲的女作家和女疯子的故事。

3. 请原谅我的疯狂的一生

那是 1996 年，杜拉斯已经 82 岁了，她甚至连吃饭的勺子都捏不住。她身边只有这个叫扬的男人。他还年轻，他只有 43 岁。

她连坐都坐不稳了，好久拿不了笔，但是她仍不断地谈论关于写作的一切事情，为每一个人物安排他们的言谈举止似乎成了她唯一能做的事情，也似乎是她继续活下去的唯一动力。

除了写作，她和扬谈论的只有死亡。是的，死，离自己如此的近和亲切。身为一个作家她甚至连填满纸上那些空格子的力气都没有了，而她所有的意义，都在那上面。她说："虚空，最后一地的这种虚空。我们不是两人，我们每人都孤孤单单。"

"记下来吧，把我的现在和将来，都记下来。这就是一切，关于我的一切。"杜拉斯每天催扬写稿子，似乎是她自己在写，扬把这些对话和由此引发的记忆都完整地记录下来，后来有一本书，名字叫《这就是一切》。

然后有一天早上，她紧紧地用最后的力气抱住这个男人，"永别了，我走了。拥抱你，我爱你。不要记恨我，请原谅我的疯狂的一生"。

蒙帕纳斯公墓不太大，却葬着不少的名人，刻着"MD"字母的墓碑早已不见了，墓被重新修过。

16年的陪伴是一个无法跨越的时间纬度，一个38岁的男人最终把一个女人填补完整，没有他，我们看不到《情人》这部惊天之作。

"YANN ANDREA，1952—2014"，这是在杜拉斯的墓碑上新出现的一行字。就在杜拉斯逝世18年之后，那个陪伴她16年的最后一个情人，扬·安德烈于7月10日去世，这一天是杜拉斯百岁诞辰过后的第三个月。

葬礼同样是在圣日耳曼德佩教堂里举行。一个墓穴，成就了再不分开的誓言。

扬·安德烈，被杜拉斯用疑似的爱情捆绑了16年，然后在一个阴暗的角落里永无止境地继续捆绑下去，而前者似乎从未想过挣脱。

如果想给爱的伟大找一个活生生的例证，去蒙帕纳斯公墓看看吧，正如那篇纪念扬的文章所说：

我们都知道他对她的人生和她的作品有着同样重要的意义。

爱就一个字，我只说一次。杜拉斯真的只说过一次爱，虽然在她的文字里，她说过无数次。

我想，扬是不会记恨她的。这世界会不会，我不知道。

（本文部分内容引自 *All* 一书）

人物小传

▶ 玛格丽特·杜拉斯

1914—1996，原名玛格丽特·陶拉迪欧，法国作家、电影编导。1950 年的《抵挡太平洋的堤坝》使杜拉斯成名。1984 年发表《情人》，获当年龚古尔文学奖。1970 年获易卜生文学奖。

第二十一章

陪着你和你的文字：
弗吉尼亚·伍尔芙与伦纳德·伍尔芙

第一次听到伍尔芙这个名字，应该是某年夏天的一个座谈上，听人讲《女人的职业》，大概知道她有众多让人眼花缭乱的头衔，"英国散文大家中的最后一人""英国传统散文的大师"以及"新散文的首创者"。

当时也还是没在意，毕竟头衔太多的人容易名不副实，而且性别的差异促使女性的文字落点都偏小众，再如何文采飞扬也不过是些无病呻吟的华丽丽的句子的堆砌罢了。

当听到关于写作状态的描述时，"就像一个渔夫在幽深的湖边悄然入梦，手里的渔线静静地躺在水里……灵感降临，从无意识里豁然醒来，塘水一片飞珠溅玉……"，这时才被那神奇的意境震惊了。同样作为写作者，我一直无法准确和满意地描述出等待灵感出现时的状态，却被这个女人命中了十环。

开始读她的书，她的意识流写法果然堪称鼻祖。文字如水，照片上也美得惊若天人，直挺的鼻梁，眼窝深陷，安静得像午后穿过屋檐的阳光，温暖地带着不急不缓的坚韧力量。

而她真的是有病的，但幸运的是，她遇到了那个陪伴了她 29 年的丈夫。为了她，他甘愿放弃自己的事业，向世界隐瞒了妻子的精神病史并一个人承受着所有随之而来的幸和不幸，29 年的时间里，甚至连一次争吵都没有过……

1."这对于我们来说，是很重要的"

那个陪伴了她 29 年的男人是她的前夫介绍的，这着实让我吃惊不小。据说两个人结婚不久就发现各自都无法与对方用一纸婚约捆绑在一起，于是他们很友好地在承诺做一生的好朋友的前提下离婚，从爱人到朋友的转变相信没有几个人能处之坦然地适应，但这两个人都神奇地做到了。斯特雷奇一直关心着伍尔芙的生活，而那时的伍尔芙易怒，神经质，像一头敏感的容易受伤的小兽。斯特雷奇最终给她物色了自己的朋友，在斯里兰卡工作的伦纳德，他是位出色的文学理论家和社交家，也是一位小有名气的作家。

在结婚之前，伍尔芙和伦纳德只有一次不超过五分钟的见面。几天之后，伍尔芙就收到了伦纳德的来信："我自私，嫉妒，残酷，好色，爱说谎而且或许更为糟糕。因此，我曾告诫自己永远不要结婚。也许你就像你自己说的那样，有虚荣心，以自我为中心，不忠实，然而，它们和你的其他品格相比，是微不足道的。你是多么聪明，细致，美丽，坦率。此外，我们毕竟都喜欢对方，我们喜欢同样的东西和同样的人物，最重要的还有我们所共同理解的那种真实，而这对于我们来说，是很重要的。"

伍尔芙的回信只有两个字："好吧。"

2. "别害怕，我去钓那条鲨鱼"

除了写作，伍尔芙几乎对生活一无所知，做饭的时候她会把戒指掉到猪油里，参加舞会时也会把衬裙穿反，甚至穿两只颜色不一样的鞋，在文字以外的任何场合中都会时不时地出错，而且那错误低级到也许五岁的小孩子都不会犯。但是她又那么热衷于聚会、野餐、爬山和演讲。每每在这些时候，伦纳德就要时刻准备着替她收拾背包，苦思冥想她的下一个错误会是怎样的以便做好随机应变的准备，甚至他不得不在口袋里随时准备好几条手帕以防妻子在大庭广众之下把鼻涕擦在袖子上。

但是一旦坐在房间里，摊开稿纸，伍尔芙就会突然变得安静。事实上也是这样，在结婚后的 3 年时间里，伍尔芙拒绝与丈夫同房，她更习惯在夜里编排文字，她在《一个人的房间》里甚至说"女人要在房间里坐到死"。直到第一部作品《远航》顺利出版，那是。1915 年，她 33 岁。《远航》给她带来了诸如"20 世纪最伟大的小说家""伦敦文学的核心"等一系列的荣誉，那行云流水的意识流笔法让太多的知名作家无颜面对。当时最有影响力的文学批评家爱德华·摩根·福斯特甚至称她将英语写作"朝着光明的方向推进了一小步"。

然而《远航》一面世，伍尔芙就疯掉了。

事实上这个经常戴一副眼镜，穿一袭黑色的长裙飘然来去的英国淑女早在1895年5月母亲Julia去世时就已经疯过一次了。1904年父亲Leslie去世她第二次精神崩溃，从二楼的窗户跳了出去。感谢楼下的花圃吧，如果没有那些枝枝蔓蔓，世界上会消失一个影响了一个世纪文学走向的作家。

或者更应该感谢伦纳德，疯掉了的伍尔芙根本无法出席任何对《远航》一书的研讨和相关的会议，伦纳德替她应付那些讨厌的记者，还要不惹怒他们，毕竟作为作家，媒体和作家群是不能惹恼的。天黑下来的时候，他会坐到伍尔芙的房里，给她读《一千零一夜》，并随时收走她手边的剪刀、偷藏的安眠药和鞋带等任何有危险的物品，翻几页书，然后等她睡熟，再带上门出去。

伍尔芙在日记里写道："我要感谢他，没有他，我想我早就自杀了。"

在伦纳德的照料下，伍尔芙每年都有新作问世，每一部作品都惹得整个伦敦文学界尖叫。伍尔芙写作的时候常常十几天足不出户，不让任何人碰她的手稿。她心底里对自己的作品一向没有信心，对别人的评价也极为敏感，这是个蜗牛一样害怕讥笑和诋毁的小女人。她常常对丈夫说："我觉得自己就像一条不幸的小鱼与一只巨大而骚动的鲨鱼关在同一个水槽里。"伦纳德会拍她的肩膀，安慰她说："我有一个钓钩，别害怕，我去钓那条鲨鱼。"

3. "她是个天才，这足够了"

作为剑桥大学的高才生，社会活动家，伦纳德其实也不甘心就此一生，虽然伍尔芙对他几乎百依百顺，但是他牺牲了自己的工作和青春陪伴着一个只可远观的"智慧的童贞女"，并且被父母催促要他当父亲，他也只能苦笑。他在自己的小说《智慧的童贞女》中借男主人公之口述说了自己的苦闷："那些长着白皮肤和金色头发的苍白的女人……是冰冷的，同时也使人冰冷，无论你怎样努力，她都拒绝融化。"

幸好小说发表的时候他用了笔名，但那熟悉的笔法还是让妻子有所怀疑："这篇小说，似乎和你的风格很像，但是我觉得这不应该是你的心中所想吧？"

当时伦纳德支支吾吾地敷衍了过去，他并不想骗她，又不想她受刺激，还想让她有所感觉，进一步地接纳自己。但当第二天早上他发现妻子案头又摆了一瓶安眠药后，立即向刊物的发行部寄去了一张支票，把所有还没出售的杂志全部买下来销毁。从此再不写任何文字。

那时候伍尔芙正在构思《到灯塔去》(又译为《灯塔行》)，伦纳德帮她整理写作提纲，发现了小说中那个叫莉丽的女主人公是"视婚姻为丧失自我身份的灾难"的，这让他更加小心翼翼。伦纳德永远是伍尔芙作品的第一个读者，并且能用她可以接受的方式提出修改意见。在创作《到灯塔去》的时候伍尔芙伤神过度，不得不依靠大剂量的安眠药才能睡着，其间有9个月的时间她甚至中止了写作——写作是个折磨人的活。并且那时候因为伍尔芙名声大振，几乎所有抢先一步成名的作家都发现这个后起之秀的小女子抢了自己的风头，于是不约而同地开始了各种非难。从创作思想到写作手法，再到社会影响力，把伍尔芙的作品贬得一文不值。甚至联名向出版社提出抗议，如果再出版她的作品，这些文学大师们将拒绝写作。

《到灯塔去》写作进行到一半的时候，出版社退回了她的样稿。纳伦德压下了退稿，并开始与伍尔芙的前夫斯特雷奇商量自己开办一家出版机构，主要负责出版伍尔芙的作品。霍加斯出版社后来成为英国文学界相当著名的出版机构。

斯特雷奇向伦纳德讲述了伍尔芙的精神病史，原来早在10岁之前，伍尔芙就受到过性侵，这让她对男人和性，甚至整个人伦世界都保持高度的警惕和怀疑。

"其实她的病一直重得厉害。"

"为什么不把她送到精神病院呢？她的病可以得到专业的治疗，或者会有转机。"

"我从没对外界声称过她的病。送她进精神病院也不是个好主意，那样的话，太多的好奇者会纠缠她，这是我最不想看到的。我想我一个人就行，至少她得到了安宁。"

"只是辛苦你了。当我看到你用手按住她的肩膀时，她立即变得安静。我甚至感觉你的动作近乎神圣，她把自己的手交到你手上的时候，那神情，也近乎神圣。"斯特雷奇说，"我想对于伍尔芙来说，我把你介绍给她，是做了一件好事。现在这个出版社，则是你的另一个神圣之处。"

伦纳德说："我要让全世界知道她不是一个疯子，而是一个作家。我甘心面对她带给我的所有折磨，婚姻之内，所有的付出都很平淡。她是个天才，这足够了。"

4."我还在陪着你，和你的文字"

无论付出多少精心的呵护，伍尔芙的病还是越来越重。两次世界大战让伦敦这座艺术之都也无法幸免。1940 年，伍尔芙的《幕间》草稿即将完成，这年夏天他们的房子被德国飞机炸毁，一早就到花圃里种花的伍尔芙躲过了一劫，她呆呆地坐在被炸毁的房子前，嘴里喃喃地说："写它，我花了三年时间，三年时间。"没过几分钟，伦纳德一边拍打着身上的残火一边捧着她的手稿从房子里冲出来，"看，我把它抢回来了"。

伍尔芙半哭半笑，"我爱，我恨，我在受苦。战争啊，我们生不逢时"。

"怎么能说生不逢时呢，你遇到了我，而我遇到了你。"

"可是为了我，你放弃了工作，放弃了作为男人太多的权利。"

"别说什么权利了，我只有义务。"

他们搬到了出版社，因为资金和场地的关系，那里只有一台二手的印刷机，为此伦纳德还自学排版和印刷，已经可以独立完成原来需要四个人才能操作的这台老式的印刷机。

可是几天之后，德国的炸弹又把印刷厂夷为平地。

"我们还剩些什么呢？"

"我们拥有这么多，我们唯一没有的，就是吵架。我们从来没有争吵过，这多神奇啊。"

"那要感谢你的包容。"伍尔芙似乎任何事都能与死联系在一起，"如果英国战败，我们就一起死。因为我死也不想离开你。"

伦纳德抱着她，点点头，不说话。

接下来的日子里，伍尔芙继续埋头在临时租借来的阁楼里写她的《幕间》，而伦纳德则每天去那片废墟上试图重建一个印刷车间。

1941年3月28日，伦纳德从外面冲进来，"亲爱的，我已经订好了一台新的印刷机，它可以一个人操作。明天我就给你的《幕间》制版"。

没有回答，房间里没有人，桌上整齐的书稿旁边有一封短信。"我感到我一定又要发狂了。我觉得我们无法再一次经受那种可怕的时刻。而且这一次我也不会再痊愈。我开始听见种种幻声，我的心神无法集中。因此我就要采取那种看来算是最恰当的行动。你已给予我最大可能的幸福。你在每一个方面都做到了任何人所不能做到的一切。我相信，在这种可怕的疾病来临之前，没有哪两个人能像我们这样幸福。我无力再奋斗下去了。我知道我是在糟蹋你的生命……现在，一切都离我而去，剩下的只有确信你的善良。我不能再继续糟蹋你的生命。我相信，再没有哪两个人像我们在一起时这样幸福。"

三个星期之后几个在乌斯河边游泳的孩子发现了她的尸体，投河之前，她似乎是害怕自己瘦削的身材不足以让一条河容纳，在衣服上所有的口袋里都装满了石子。乌斯河是一条火山地带的河，那些石子经过亿万年前的一次大熔炼，五光十色，像极了女作家平淡而缤纷的一生。

伦纳德没有把妻子的死告诉任何人，参加葬礼的只有她的前夫斯特雷奇。在无怨无悔地奉献了 29 年之后，他还是决定一个人承受她的一切。

新的印刷厂已经建好了，他把伍尔芙的骨灰埋在印刷厂院子里的一棵树下。简单的墓志铭是伍尔芙的小说《波浪》的尾声："死亡，即使我置身你的怀抱，我也不会屈服，不受宰制。"

几个月后，《幕间》出版，扉页上是伦纳德留给妻子的一句话：

"你说过我们要一起死的，你失信了，可我还在陪着你，和你的文字。"

（本文相关文字引自伍尔芙作品集）

人物小传

▶ 弗吉尼亚·伍尔芙

1882—1941，英国现代最著名的女作家、文学批评家和文学理论家，意识流文学意识形态的开创者和代表人物。"她一个人就足够代表整个伦敦文学"，"她的出现，成为传统文学与现代文学的分水岭，是 20 世纪最伟大的女作家"。

多难的少年生活和动荡的世界大战以及不幸的第一次婚姻都对其造成了严重的影响，精神分裂症伴随了她的一生。

第二十二章

爱的色彩：

马克·夏加尔与贝拉

作为犹太人，夏加尔的母亲希望夏加尔能成为犹太民族中的贵族，从小就教导他成为被奉为犹太神主的宗教导师，而他却迷上了绘画。这让父母大发雷霆，却丝毫无法动摇他的执着。中学毕业后他执意要考美术学校，居然考上了。

美术学校在圣彼得堡，而他需要路费和一年的学费。父亲一言不发地将钱匣里所有的铜板丢到地上，那是这个房子里全部的家当。

少年弯下腰，一枚一枚小心地将那些铜板收在掌心里，那上面还带着零货店的鳕鱼的腥味。26枚，他一辈子都没有忘记这个数字。

很冷，那个冬天很冷。

1. 我心飞翔

美术是需要天分的，在美术学校他很快就觉得自己对美术的理解甚至已经超出了老师们的认知范围，而他大胆的用色更让人惊叹，"在那所学校里，我是唯一用紫色作画的人。"

不仅在那所学校里出类拔萃，甚至美术界还有一个名词也是专为他设计的，那就是超现实主义画派。在他之前，没有人敢这样作画。

可是，他的出身让他受尽了歧视。因为在圣彼得堡的居住证到期未能及时更换，他进了监狱，还是老师巴克斯特将他担保出来才没有冻死在监狱里。巴克斯特说："我一向认为你的颜色是会唱歌的，这里已经不适合你了，你应该去巴黎，那里才是艺术家的天堂。"

巴黎让他如鱼得水，"在很多人眼里，我的画没有光泽，因为他们眼里的一切都那么暗淡。幸好宛若太阳的巴黎照亮了我的心，但我并没有忘记故乡，那个给了我生命的世界。相反，巴黎让我对那个世界有了更清楚的认知，即使到了巴黎，我的鞋上仍沾着故乡的泥土。"巴黎给了他一个真正的超现实的美术领地让他独领风骚，但巴黎并没有给他富有和成功，十年漂泊之后他依然独自游荡。

所谓他乡，不是身在异处，而是思乡的心无法安放。他的画作里满是俄国风情的浪漫，但是当初捡了那 26 个铜板离开家时他就发誓不功成名就绝不回乡见江东父老。他咬牙坚持着，直到有一天他接到了一封信。

寄信人是他的初恋女友杰雅的朋友贝拉。与杰雅已经分手多年，但贝拉却一直在寻找着那个身上只有 26 个铜板的少年，当她终于得知了这个地址便第一时间寄出了这封信。夏加尔立即就有了回家的信心和渴望。"得知你在等我，真想肋生双翅。我知道这个女人终将成为我的爱妻，成为我的灵魂所依。这对眼眸终将属于我。"

爱情是不顾一切的风雨兼程。但就像当初没有人支持他学画画一样，爱情里同样有着无数坚不可摧的阻挡，比如出身：贝拉家开着很大的珠宝店，而他只是个游荡多年的穷小子。贝拉的父母甚至不允许这个全身沾满染料的瘦弱男人走进店里，也动员了所有亲戚阻止贝拉的疯狂。但是结果可想而知，被爱情点燃的少男少女从来就没把任何阻力放在心上。"我甚至连吃饭时看到那些摆在餐桌上的餐具时都会感觉这是从夏加尔的画里走出来的，他无时不在。"贝拉说。而夏加尔则回应她："虽然我很难看到你，但只要一打开我家的窗，你就好像微笑着出现在我的窗外，给我带来了碧空、爱情与鲜花。"

1915 年 7 月 7 日，夏加尔 28 岁生日的早上，贝拉带来了花为他庆祝，至于如何庆祝的似乎只能从他们结婚当年的那幅超浪漫主义画作《生日》中一探究竟了：贝拉正在四处寻找可以插花的瓶子，而画家已经急不可待地想吻他的新娘了。那是一间充满了俄罗斯情调的房间，阳光像爱情一样灿烂，画家从背后飘过来，扭转脖子寻找着爱人的嘴唇。是的，画家是"飘"过来的，画作里他浮在空中，爱情能让所有的沉重都变得轻盈。

结婚以后，夏加尔就似乎多了飞翔的技能，《散步》《小镇之上》，太多关于爱情和幸福的时间被定格在他的笔下，而在这些画作上，夫妻俩总有一个快乐自由地飘在天上。以至于很多人认为婚姻让画家成了科幻插画的作者，完全脱离了现实，但画家本人并不这样认为，"我的绘画是真实的，我的内心世界里一切都来自现实，恐怕比我目睹的还要真实。因为我快乐无比。"

2. 白色十字架

有那么两年夏加尔似乎终于春风得意了，但是坏消息是太多的写实艺术家质问夏加尔"为什么牛是绿的而草是蓝的"。1920年，他被迫辞掉了所有职务，带着夫人去给剧院画壁画。但那些透着浪漫主义和超现实主义的画作仍然不被接受，他没日没夜干两个月连一分钱酬劳也没有拿到，连国家元首都批评他精神错乱，最终他落魄到去孤儿院给孩子们上美术课。

再没有比这更黑暗的日子了，似乎一切理想都背他而去。幸好爱情还在。在夫人的斡旋下，他以出席立陶宛画展为由取道柏林辗转重回巴黎。但是他当年在巴黎的画室居然成了小偷经常光顾的所在，他保存在这里的所有画作都遗失了，在巴黎的多年辛苦付诸流水。

离开祖国已经很痛苦了，甚至连他毕生追求的艺术梦想也要离他而去。在巴黎，他三四年都没找到工作，只有夫人在身边。在夫人的鼓励下他开始凭借记忆将年轻时的画作都重新画了一遍，如同重建一个精神家园。

但是随后艺术界又烧毁了他的三幅作品，他的作品还被从巴黎博物馆摘下，成为反面教材出现在"堕落艺术家作品展"上。那个当年名动天下的画家现在居然连一幅画也卖不出去，甚至请不到模特，因为他付不出哪怕最少的佣金——画家已经窘迫得连吃饭都成问题了。

"我不就是现成的模特吗？"夫人用窗帘给自己裁好晚礼服，穿在身上供丈夫临摹，而画家的笔下，夫人飘飘欲仙，背景则是俄国的乡间风情和不离不弃的爱情。

夫人开始偷偷地给家里写信，用亲情换些钱以便可以给丈夫买些画布和油彩。心疼女儿的父亲跑来巴黎要带女儿回国但被贝拉坚决拒绝。"他已经没有了故乡，我不想他连爱人也没有。这世界剥夺了他太多的东西，我能做的就只是陪着他和他那独一无二的色彩世界。"

那时候全世界都在打仗，也没有人欣赏那些所谓的艺术了，屋子里冷得连油彩都被冻住了，贝拉用仅有的钱买来炭，每天让他的画室里暖暖的。为了不与画笔争夺那少得可怜的热量，她的卧室里从不取暖，除了清扫和三餐她几乎不离开被窝，因为房子里与这世界一样冷。

但爱情是暖的，一个冬天她得了三次肺炎，连药都舍不得吃居然也挺过来了。春天到了，她开始给丈夫的画装裱，然后按时间顺序收在阁楼上。屋子前后她种了很多菜，还跑去很远的山里砍伐过冬的木柴。当年娇滴滴的富家小姐完全成了合格的主妇。

4 月里的一天，画家正在作画，屋顶上却传来脚步声，还不时地落下土，弄脏了他的画。画家大发雷霆，冲出去向屋顶上喊："让那淘气的邻居小子赶紧下来。"结果却发现是瘦小的贝拉正在试图用一块防雨布遮盖漏雨的屋顶。

画家扶着梯子让夫人下来，拉过她的手，"按你的家世，你本该十根手指上都戴满了戒指和宝石的，可你却在给我修屋顶。""我能做的也就这些了。"夫人笑，"你提醒我，临走时我在家里偷了块翡翠原石，我们可以换些钱来，这样你下半年的画布和油彩就有着落了。"

1937 年，终于有人肯给画家出画册了，但是画册的前言里提到了种族歧视和战争的罪恶，这是深埋在画家骨子里的疼，但却被视为叛逆。巴黎艺术界开始了一场声势浩大的批判活动，甚至要把画家送到监狱里去。

贝拉连续半个月在报上声明，前言"是我为丈夫代笔的，因为他要忙着弄齐画册的作品"，并主动投案自首，以三个月的监禁换回了丈夫的自由。最后当局网开一面，决定画册在撕掉了前言那一页的前提下可以公开上架销售。而出狱的贝拉已经从 90 斤的体重减到了 75 斤，长年的肺病让她形容枯槁、举步维艰。

1938 年，夏加尔画了《白色十字架》。着火的房子，惊慌失措逃亡的人们，茫然垂死的耶稣，一切自身与故乡的迷失感都成了谜面而不是谜底，后世学者们认为"这是他作品里最震撼的一幅"。他一向以浪漫的心态去描绘世界上所有的爱和美好，用以化解沉重的苦难，可是，有什么比国难会更让人痛苦？

3. 爱的色彩

"二战"的战火终于烧到了巴黎，他不得不第二次流亡。他逃到了纽约的第二天就听说纳粹已经入侵苏联。

从此时到临终，夏加尔再也没能重回故乡。他本人的说法是，无法平静地看到往日熟悉的一切都被消磨殆尽。

另一个坏消息是，贝拉去世了。1944年9月2日，巴黎刚刚解放，贝拉因病去世。

临死前，贝拉没有任何遗言，只是拉着画家的手，告诉他，自己当年其实一共从家里带出来两块翡翠原石，"到了把另一块拿出来的时候了，因为我不能陪着你了"。

此后很长一段时间里，夏加尔身边只带着两幅画：一幅是《白色十字架》，象征着家园的丢失；另一幅是《仲夏夜之梦》，新郎抱着新娘，红色的天使在天上飞，绿荫深处，有人在用提琴拉一首无声的曲子。

夏加尔在法国南部的圣保罗凡斯镇隐居，偶尔画几幅画。夫人去世两年后，他很意外地突然同意去芝加哥大学作了一次演讲，而在这之前他拒绝过无数次。

在那次演讲中，他说："爱是全部，是一切的开端。因为有她在，我曾经对一切的困难无所畏惧，因为我的内心始终怀着对人类的爱和守望。在我的生命中，恰如画家的调色板一样，有着对人生和艺术唯一的色彩，那就是爱的色彩。"

（本文部分内容引自《国家人文》杂志2011年精华卷等）

马克·夏加尔：

1887—1985，超现实主义画家，现代艺术界导师级经典人物，犹太民族的艺术骄傲和丰碑。

其作品以俄国乡间风景及人物为主要表现对象，用色华丽，风格夸张。其最严肃的主题是爱，乡愁、爱情贯穿了他整个艺术生命的全部。

沉静的消磨

（代后记）

　　若干年前，有那么几年的时间，故意把自己丢在一些陌生的地方，做一些想做、能做的事。

　　然后，逼真地感觉到快乐。

　　那些几乎可以用破败来形容的穷乡僻壤，那些枕水人家、倚山小庙，山堪樵采水堪渔，手边只有三五本书和几块面包，就可以消磨十天半月。

　　可以清风明月的日子，一日便足可以抵过千年。

　　在城里待久了，乡下的柴火气息便显得清新。每天去山下江边搞些野菜回来，支了炭火，不点灯，就坐在月光里，有酒，最好是那种火辣辣的烧刀子，喝一口，皱一下眉，再舒展开来。远处有隐约的渔光和水谣，夜回的鸟在枝间扑棱棱一晃而过，打鱼的船隐隐约约地在月光里来来去去，船上，新煮的鱼在锅里翻转着油花。

一丝温暖就这样突然撞到怀里来。

这时候，不试图用固定的模式去定义什么，甚至连呼吸和心跳都略显多余。静，静得天籁无声，却不时有一两声婴孩的啼哭轻轻敲着耳朵，于是，整个夜便瞬间充满了动感和鲜活。

这，就是生命中某些最神奇又千金不换的浪费吧。

那些日子里，文字总是争先恐后地溢出笔端，一个个活色生香的名字一笔一划地出现，带着温度和清新的故事，在一个野旷天低的山村深处渐渐排列成行。没有电，我那台老旧的电脑毫无用武之地，弃婴一样委屈地在角落里落着灰。买了块大大的画板，夹几页稿纸，写完了，再踱回屋去摸几页纸出来，心情不错时便简笔在稿纸的空白处勾几只江枫渔火的东西，兴之所致，淡雅清香。

应江苏《莫愁》杂志赵莹女士之邀，每期都要给她主编的刊物补白，于是享受了那白日依山尽，黑夜枕水眠的神仙日子外，更侥幸促成了这本书中的文字。

换到稿费，便进城买几本书，添几本稿纸，半袋米，必不可少的几瓶酒。

于是，新一轮野居重新开始。

离厌是一种谜语般的混沌状态，像喜肉之人目睹一盘素菜，也许青翠可人，却不对肠胃。变化始终是一面镜子，和你如此似曾相识的面对面呼吸动作，于不变中应万变，是一道顺畅的光，于是，任何形式上的强制都不存在逼迫的力量，像久居乡野的村人，隔江对着城市发出的那一声浅笑。

生与活，如一章未完的字，对于写作者来说，它痛苦万分，而在读者看来，它如此优美。

爱是陪伴，而对我而言，写陪伴的文字是最满足的一种状态，它可以以文字的形式带给你包容、体贴和你思想深处渴望的一些东西，让你有一种温饱的满足感和充实感。写别人的爱情，像坐在山下仰望，不必辛苦地翻过山去看，却知道另一边定会有一番景致如梦似幻的美。有关爱情和陪伴，毕竟可以是一种隔空可感的暖意。

写多了离散悲情和那些至死不渝，便可以添补生命中太多的孤单，那样不食人间烟火的消隐，你只需带着些尘世的喧嚣，纵身投入，默默相对便可。

就像，你坐在餐桌前，面对一道好菜……

2018年3月伟大的霍金去世之日
于多雨的小城绍兴

版权声明

本书所有内容，俱已经多方核实，依据的资料来源俱为国内外公开正规出版的著作及相关史料，或由业界口口相诵。

本书所有文字已在国内刊物《莫愁》连载，本人具有著作权及其他相关权利，文字内容真实可靠并无杜撰，并对相关内容负责。

刘　创

2018 年 4 月 26 日